T0258613

La aguja hueca

La aguja hueca

Maurice Leblanc

Traducción de
Lorenzo Garza

Rocaeditorial

Título original: *L'aiguille creuse*

© 1909, Maurice Leblanc

Primera edición en este formato: mayo de 2021

© de la traducción: Lorenzo Garza
© del diseño e ilustración de cubierta: Ignacio Ballesteros

© de esta edición: 2021, Roca Editorial de Libros, S. L.
Av. Marquès de l'Argentera, 17, pral.
08003 Barcelona
actualidad@rocaeditorial.com
www.rocalibros.com

ROCA EDITORIAL reconoce los derechos de autor que puedan
corresponder a los propietarios no localizados a la fecha de la publicación
de esta edición y se compromete, en caso de ser localizados, a negociar
con ellos las compensaciones económicas que de acuerdo con las
condiciones habituales de contratación pudieran corresponderles.

Impreso por Black Print CPI Ibérica, SL

ISBN: 978.84.17821-86-9
Depósito legal: B-6526-2021
Código IBIC: FA; FF

RB21869

1

El disparo

*R*aymonde aguzó el oído. De nuevo, y por dos veces consecutivas, aquel ruido se hizo escuchar lo bastante claro para poder diferenciarlo de los demás ruidos confusos que violaban el silencio de la noche; pero era a la vez tan débil que ella no hubiera sabido decir si su origen había sido próximo o lejano, si se producía dentro de los muros del vasto castillo o bien fuera, entre los rincones tenebrosos del parque.

Se levantó despacio. Su ventana estaba entornada y la abrió de par en par. La claridad de la luna descansaba sobre un tranquilo paisaje de céspedes y bosquecillos donde las ruinas dispersas de la antigua abadía se recortaban formando siluetas trágicas, columnas truncadas, ojivas incompletas, esbozos de pórticos y fragmentos de arbotantes. Un ligero viento flotaba sobre la superficie de las cosas, deslizándose por entre las ramas desnudas e inmóviles de los árboles, pero agitando las hojas recién nacidas de los macizos.

Y de pronto, el mismo ruido… Provenía del lado izquierdo y por encima del piso en que ella vivía, es decir, de los salones que ocupaban el ala occidental del castillo.

Aun siendo valiente y fuerte, la joven sintió la angustia del miedo. Se puso su ropa de noche y tomó las cerillas.

—Raymonde… Raymonde…

Una voz débil como un suspiro la llamaba desde la habitación vecina, cuya puerta no estaba cerrada Se dirigió hacia allí a tientas, cuando Suzanne, su prima, salió a su encuentro y se arrojó sobre sus brazos.

—Raymonde… ¿eres tú?… ¿Has oído?…

—Sí… Entonces, ¿no duermes?

—Creo que es el perro el que me ha despertado… hace ya largo tiempo… Pero después no ha vuelto a ladrar. ¿Qué hora será?

—Deben de ser aproximadamente las cuatro.

—Escucha… Alguien anda caminando por el salón.

—No hay peligro. Tu padre está allí, Suzanne.

—Pero hay peligro para él. Duerme al lado del salón pequeño.

—El señor Daval está allí también…

—Sin embargo, está al otro extremo del castillo… ¿Cómo quieres que oiga?

Dudaron, no sabiendo qué resolver. ¿Llamar? ¿Pedir socorro? Pero no se atrevían, hasta tal extremo el ruido de sus propias voces parecía infundirles miedo. No obstante, Suzanne, que se había acercado a la ventana, ahogó un grito en su garganta.

—Mira… un hombre cerca del estanque.

En efecto, un hombre se alejaba con paso rápido. Llevaba bajo el brazo un objeto de dimensiones bastante grandes, cuya naturaleza las dos jóvenes no lograron discernir, y que al golpearle a cada paso sobre la pierna le dificultaba el caminar. Vieron que el hombre pasaba cerca de la antigua capilla y que se dirigía hacia una pequeña puerta existente en el muro. Esta puerta estaba entreabierta, pues el hombre desapareció súbitamente, y además las jóvenes no oyeron el chirriar de los goznes.

—Venía del salón —murmuró Suzanne.

—No, la escalera del vestíbulo lo hubiera llevado mucho más a la izquierda… a menos que…

Las agitó una misma idea. Se inclinaron hacia el exterior de la ventana. Por encima de ellas había una escala erguida contra la fachada y apoyada sobre el primer piso. La luz alumbraba el balcón de piedra. Y otro hombre, portador también de otro objeto, cabalgó sobre ese balcón, se dejó deslizar por la escala y huyó por el mismo camino.

Suzanne, asustada y sin fuerzas, cayó de rodillas, balbuciendo:

—¡Llamemos!... ¡Pidamos auxilio!...

—¿Y quién vendría?... Tu padre... ¿Y si hay más intrusos y se arrojan contra él?

—Podríamos avisar a los criados... Tu timbre comunica con el piso de ellos.

—Sí... sí... quizá... es una buena idea... A condición de que ellos lleguen a tiempo.

Raymonde buscó junto a su cama el timbre eléctrico y apretó el botón con un dedo. Allá arriba vibró el timbre, y las dos jóvenes sintieron la impresión de que abajo debía de haberse escuchado claramente el sonido.

Esperaron. El silencio se hacía espantoso, y la brisa había dejado de agitar las hojas de los arbustos.

—Tengo miedo... tengo miedo... —repetía Suzanne.

Y de repente, en la noche profunda, por encima de ella, estalló un ruido de lucha con estrépito de muebles derribados, exclamaciones, y luego, horrible y siniestro, se escuchó un gemido ronco, los estertores de alguien que está siendo estrangulado...

Raymonde saltó hacia la puerta. Suzanne se aferró desesperadamente a su brazo.

—No... no me dejes sola... tengo miedo.

Raymonde la rechazó y se lanzó hacia el pasillo, seguida inmediatamente de Suzanne, que se tambaleaba yendo de una pared a otra lanzando gritos. Raymonde llegó a la escalera, subió corriendo los peldaños y se precipitó sobre la puerta grande del salón, donde se detuvo de improviso, clavada en el umbral, mientras Suzanne se desvanecía a sus pies. Frente a ellas, a tres pasos, había un hombre sosteniendo en una mano una linterna.

Con un ademán dirigió la linterna hacia las jóvenes, cegándolas con la luz, miró largamente sus rostros, y luego, sin prisa, con los movimientos más tranquilos del mundo, tomó su gorra, recogió un trozo de papel y unas briznas de paja, borró con ellas las huellas sobre la alfombra, se acercó al balcón, se volvió hacia las jóvenes, las saludó con gran reverencia y desapareció.

Suzanne fue la primera en echar a correr hacia el pequeño gabinete que separaba el salón de la habitación de su padre. Pero apenas entró quedó aterrada ante el horrible espectáculo que contemplaban sus ojos. A la luz oblicua de la luna se divisaban en el suelo dos cuerpos inanimados, tendidos uno al lado del otro.

—¡Papa…! ¡Papá!… ¿Eres tú?… ¿Qué te ocurre?… —gritó ella enloquecida e inclinándose sobre uno de ellos.

Al cabo de un instante, el conde de Gesvres se movió. Con voz quebrada dijo:

—No temas nada… no estoy herido… Y Daval, ¿está vivo? ¿Y el cuchillo… el cuchillo?

En ese momento llegaron dos criados con lámparas. Raymonde se arrojó ante el otro cuerpo tendido en el suelo y reconoció a Jean Daval, el secretario y hombre de confianza del conde. Su rostro tenía ya la palidez de la muerte.

Entonces la joven se irguió, volvió al salón, y de una panoplia adosada a la pared tomó una escopeta que sabía estaba cargada y corrió al balcón. Verdaderamente no hacía más de cincuenta segundos que el individuo había puesto el pie sobre el primer peldaño de la escala adosada a la fachada. Por consiguiente, no podía estar muy lejos de allí, tanto más cuanto que una vez abajo había tenido la precaución de apartar la escala del balcón para que nadie más pudiese servirse de ella. En efecto, la joven percibió enseguida al individuo que iba bordeando las ruinas del antiguo claustro. Raymonde se echó el arma a la cara, apuntó tranquilamente e hizo fuego. El hombre cayó.

—¡Ya está!... ¡Ya está!... —gritó uno de los criados—. Ya tenemos a ese. Voy allá.

—No, Victor, ya se está poniendo en pie otra vez... Baje por la escalera y diríjase a la puerta pequeña. Solo puede escapar por allí.

Victor se apresuró, pero antes ya de que llegara al parque, el hombre había vuelto a caer. Raymonde llamó al otro criado.

—Albert, ¿lo ve usted allí abajo... cerca del arco grande?

—Sí... Está arrastrándose por la hierba... está perdido...

—Vigílelo desde aquí.

—No tiene medio de escapar. A la derecha de las ruinas está el césped descubierto...

—Y Victor guarda la puerta a la izquierda —dijo ella, empuñando de nuevo la escopeta.

—No vaya usted, señorita.

—Sí, sí —replicó ella con acento resuelto y gesto brusco—. Déjeme... me queda otro cartucho... Si se mueve...

Salió. Unos momentos después, Albert la vio dirigiéndose hacia las ruinas. El criado le gritó desde la ventana.

—Se ha arrastrado por detrás del arco. Ya no lo veo más... Cuidado, señorita.

Raymonde dio la vuelta por el antiguo claustro para cortarle la retirada al desconocido y enseguida Albert la perdió de vista. Al cabo de unos minutos, al no verla reaparecer de nuevo, comenzó a inquietarse, y, sin dejar de vigilar las ruinas, en lugar de bajar por la escalera intentó alcanzar la escala. Cuando lo consiguió, bajó rápidamente y corrió derecho hacia la arcada cerca de la cual el desconocido había desaparecido la primera vez. Treinta pasos más allá encontró a Raymonde, que buscaba a Victor.

—¿Qué ha ocurrido? —preguntó Albert.

—Imposible echarle mano —respondió Victor.

—¿Y la puerta pequeña?

—Vengo de allí… Aquí está la llave.

—Sin embargo… es preciso que…

—¡Oh!, ya lo tenemos seguro… De aquí a diez minutos será nuestro ese bandido.

El granjero y su hijo, despertados por el disparo de escopeta, venían desde la granja, cuyos edificios se levantaban bastante lejos a la derecha, pero dentro del recinto amurallado. No habían visto a nadie.

—¡Maldita sea! —exclamó Albert—. No, ese pícaro no ha podido abandonar las ruinas… Lo encontraremos oculto en el fondo de cualquier agujero.

Organizaron una batida metódica, registrando cada matorral y apartando las espesas ramas de hiedra enroscadas en torno a las columnas. Comprobaron que la capilla estuviese bien cerrada y que ninguna de las vidrieras estuviera rota. Dieron vuelta al claustro y visitaron todos los rincones y escondrijos. No obstante, la búsqueda fue en vano.

Solo hicieron un descubrimiento: en el mismo lugar donde el hombre había caído herido por el disparo de Raymonde recogieron una gorra de chófer de cuero leonado. Excepto eso, nada.

A las seis de la mañana fue avisada la gendarmería de Ouville-la-Rivière, la cual acudió al lugar de los hechos, después de haber enviado por correo exprés al juzgado de Dieppe una breve nota relatando las circunstancias del crimen, la inminente captura del principal culpable y «el descubrimiento de su gorra y del puñal con el que había perpetrado su crimen». A las diez, dos automóviles bajaban la ligera pendiente que conduce al castillo. En uno de ellos venían el fiscal suplente y el juez de instrucción, acompañado de su secretario. En el otro, un modesto cabriolé, llegaban dos jóvenes reporteros de prensa, representando al *Journal de Rouen* y a un gran diario de París.

El viejo castillo apareció a la vista de los viajeros. Antaño había constituido la residencia abacial de los priores de Ambrumésy, mutilada por la revolución y restaurada por el conde de Gesvres, al cual pertenecía desde hacía veinte años, comprendiendo un cuerpo de alojamientos que remonta un pináculo donde vela un reloj, y dos alas, cada una de las cuales está envuelta por una escalinata con balaustrada de piedra. Por encima de los muros del parque, y más allá de la planicie que sostienen los altos acantilados normandos, se divisa, entre las aldeas de Sainte-Marguerite y de Varangeville, la línea azul del mar.

Allí vivía el conde de Gesvres con su hija Suzanne, bella y frágil criatura de rubios cabellos, y de su sobrina Raymonde de Saint-Véran, a la cual él había recogido dos años antes, cuando la muerte de sus padres dejó huérfana a la joven. La vida discurría tranquila y ordenada en el castillo. Algunos vecinos venían allí de visita de cuando en cuando. En el verano, el conde llevaba a las dos jóvenes casi todos los días a Dieppe. El conde era de alta estatura, con un bello rostro grave y cabellos grisáceos. Siendo muy rico, llevaba él mismo la administración de su fortuna y vigilaba sus propiedades con ayuda de su secretario Daval.

Desde su llegada, el juez de instrucción comenzó a recoger las primeras pruebas del brigadier de la gendarmería de Quevillon. La captura del culpable, siempre inminente por lo demás, todavía no se había efectuado, pero estaban guardadas todas las salidas del parque. La fuga era, pues, imposible.

El pequeño grupo atravesó seguidamente la sala capitular y el refectorio, situados en la planta baja, y subió al primer piso. Inmediatamente observaron que en el salón reinaba un orden perfecto. No había ningún mueble ni ningún objeto que no pareciese ocupar su lugar habitual, ni tampoco se observaba un lugar vacío entre esos muebles y objetos. A derecha e izquierda había magníficos tapices flamencos de personajes. En el fondo, sobre paneles, estaban colocadas cuatro hermosas telas con marcos de época, que representaban escenas mitológicas. Eran los célebres cuadros de Rubens, legados al conde de Gesvres, juntamente con los tapices de Flandes, por su tío el marqués de Bobadilla, grande de España. El señor Filleul, juez de instrucción, observó:

—Si el robo ha sido el móvil del crimen, en todo caso este salón no ha sido objeto de saqueo.

—¿Quién sabe? —respondió el fiscal suplente, que hablaba poco, pero que lo hacía siempre contradiciendo las opiniones del juez.

—Veamos, querido señor, la primera preocupación de un ladrón hubiera sido el apoderarse de los tapices y los cuadros.

—Quizá no dispuso de tiempo para ello.

—Eso es lo que nosotros vamos a averiguar.

En ese momento entró el conde de Gesvres, seguido del médico. El conde, que no parecía sentir los efectos de la agresión de que había sido víctima, dio la bienvenida a los dos magistrados. Luego abrió la puerta del gabinete.

La estancia, donde nadie había penetrado después del crimen, salvo el médico, presentaba, al contrario del salón, el mayor desorden. Había allí dos sillas derribadas, una de las mesas estaba hecha añicos, y por tierra yacían otros diversos objetos, entre ellos un reloj de péndulo de viaje, un clasificador de correspondencia y una caja de papel de cartas. Y algunas de las hojas blancas esparcidas por el suelo presentaban manchas de sangre.

El médico retiró la sábana que cubría el cadáver. Jean Daval, vestido con su ropa ordinaria de terciopelo y calzando botas herradas, estaba tendido boca arriba, con uno de los brazos replegado. Su camisa había sido desabrochada y se veía una ancha herida que perforaba su pecho.

—La muerte debió de ser instantánea —declaró el médico—. Bastó una sola puñalada.

—Sin duda fue con el cuchillo que yo vi sobre la chimenea del salón, junto con una gorra de cuero —dijo el juez.

—Sí —confirmó el conde de Gesvres—; el cuchillo fue recogido aquí mismo. Proviene de la panoplia del salón, donde mi sobrina, la señorita de Saint-Véran, cogió la escopeta. En cuanto a la gorra del chófer, es evidentemente la del asesino.

El señor Filleul estudió todavía algunos detalles más de la estancia, hizo algunas preguntas al médico y luego le rogó al conde que le relatara lo que había visto y lo que sabía. He aquí los términos en que se expresó el conde:

—Fue Jean Daval quien me despertó. Por lo demás, yo dormía mal, con relámpagos de lucidez en los que tenía la impresión de oír pasos, cuando de pronto, al abrir los ojos, lo divisé al pie de mi cama, con una lámpara en la mano y vestido tal cual está en este momento, pues a menudo trabajaba hasta muy tarde durante la noche. Parecía muy agitado y me dijo en voz baja: «Hay dos personas en el salón». En efecto, percibí ruido. Me levanté y entreabrí despacio la puerta de este gabinete. En el mismo instante fue empujada esta otra puerta que da al salón grande y surgió un hombre que saltó sobre mí y me aturdió, dándome un puñetazo en la sien. Le relato esto sin ningún detalle, señor juez de instrucción, por la razón de que no recuerdo más que los detalles principales y que esos hechos ocurrieron con rapidez extraordinaria.

—¿Y después?

—Después no sé nada más… Cuando recobré el conocimiento, Daval estaba tendido en el suelo mortalmente herido.

—¿Usted no sospecha de nadie?

—De nadie.

—¿No tiene usted ningún enemigo?

—No sé que tenga ninguno.

—¿Y el señor Daval no los tenía tampoco?

—¿Daval enemigos? Era la mejor persona del mundo. Desde hace veinte años que Jean Daval era mi secretario y, debo decirlo, mi confidente; jamás observé en torno a él más que simpatías.

—Sin embargo, ha habido escalo y ha habido un asesinato, y, por tanto, es preciso que exista un motivo para todo eso.

—¿Un motivo? Pues claro… el robo.

—¿Le han robado a usted algo?

—Nada.

—¿Entonces?

—Entonces, si no han robado nada ni falta nada, han debido de llevarse cuando menos alguna cosa.

—¿Qué?

—Lo ignoro. Pero mi hija y mi sobrina le dirán a usted, con toda certidumbre, que vieron sucesivamente a dos hombres que llevaban bultos bastante voluminosos.

—Esas señoritas…

—¿Esas señoritas han soñado acaso? Yo me sentiría inclinado a creerlo, pues desde esta mañana me exprimo el cerebro buscando y haciendo suposiciones. Sin embargo, es fácil interrogarlas.

Mandaron venir a las dos primas al salón grande. Suzanne, completamente pálida y temblorosa todavía, apenas podía hablar. Raymonde, más enérgica, y más viril, y más bella también con el resplandor dorado de sus ojos oscuros, relató los acontecimientos de la noche y la parte que ella había tomado en los mismos.

—¿De manera, señorita, que su declaración es categórica?

—Absolutamente. Los dos hombres que cruzaron el parque llevaban objetos.

—¿Y el tercero?

—Ese salió de aquí con las manos vacías.

—¿Podría usted decirnos sus señas personales?

—No cesó ni un momento de cegarnos con su linterna. Lo único que puedo decir es que es corpulento y de aspecto grueso…

—¿Es así como le pareció, señorita? —preguntó el juez a Suzanne de Gesvres.

—Sí… o más bien no… —respondió Suzanne, reflexionando—. A mí me pareció de estatura media y delgado.

El señor Filleul sonrió, acostumbrado como estaba a las divergencias de opinión y de visión entre los testigos de un mismo hecho.

—Henos aquí en presencia, por una parte, de un individuo, el del salón, que es a la vez grande y pequeño, grueso y delgado… y, por la otra, de dos individuos, los del parque, a quienes se acusa de haber robado objetos de este salón… que todavía se encuentran aquí.

El señor Filleul era un juez de la escuela de los irónicos, como él mismo decía. Era también un juez que en modo alguno detestaba la galería ni las ocasiones de mostrarle al público su arte de hacer las cosas, cual lo demostraba el número creciente de personas que se apretaban en el salón. A los periodistas se habían sumado el granjero y su hijo, el jardinero y su mujer, y asimismo el personal del castillo, además de los dos chóferes que habían traído los coches de Dieppe. El juez prosiguió:

—Se trata también de ponerse de acuerdo sobre la forma en que desapareció el tercer personaje. ¿Usted, señorita, disparó con una escopeta desde esta ventana?

—Sí, cuando el individuo alcanzaba la piedra sepulcral bajo los pinos, a la izquierda del claustro.

—Pero ¿él se levantó?

—A medias solamente. Victor bajó inmediatamente para vigilar la puerta pequeña, y yo lo seguí, dejando aquí en observación a nuestro criado Albert.

Albert hizo, a su vez, su declaración, y el juez concluyó:

—Por consiguiente, según usted, el herido no pudo huir por la izquierda, puesto que vuestro compañero vigilaba la puerta, ni por la derecha, puesto que usted lo hubiera visto atravesar el césped. Así pues, según la lógica, en estos momentos se encuentra en el espacio relativamente restringido que nosotros tenemos bajo nuestra mirada.

—Estoy convencido de ello.

—¿Y usted también lo está, señorita?

—Sí.

—Y yo también —dijo Victor.

El fiscal suplente exclamó en tono socarrón.

—El campo de investigaciones es estrecho, y no hay sino que continuar la búsqueda comenzada desde las cuatro.

—Quizá ahora tengamos más suerte.

El señor Filleul tomó la gorra de cuero de encima de la chimenea, la examinó y, llamando al brigadier de la gendarmería, le dijo aparte:

—Brigadier, envíe inmediatamente a uno de sus hombres a Dieppe, al establecimiento del sombrerero Maigret, y que el señor Maigret nos diga a quién le vendió esta gorra.

«El campo de investigaciones», conforme a la frase del fiscal suplente, se limitaba al espacio comprendido entre el castillo y el césped de la derecha, y el ángulo formado por el muro de la izquierda y por el muro opuesto al castillo; es decir, un cuadrilátero de alrededor de cien metros de lado donde aquí y allá surgían las ruinas de Ambrumésy, el tan célebre monasterio de la Edad Media.

Inmediatamente sobre la hierba pisoteada se observó el paso del fugitivo. En dos lugares se descubrieron huellas de sangre ennegrecida, ya casi seca. Después de la curva de la arcada, que marcaba la extremidad del claustro, ya no había nada, pues la naturaleza del suelo, tapizado de agujas de pino, no se prestaba a registrar la huella de ningún cuerpo. Pero, entonces, ¿cómo el herido había podido escapar a la vista de la joven, de Victor y de Albert? Unas malezas, que los criados y los gendarmes habían registrado, y unas piedras sepulcrales bajo las cuales habían buscado… y eso era todo.

El juez de instrucción mandó al jardinero, que tenía la llave, que le abriera la Capilla Divina, verdadera joya de la escultura, que el tiempo y las revoluciones habían respetado, y que siempre fue considerada, con las finas cinceladuras de su pórtico y la menuda multitud de sus estatuillas, como una de las maravillas del estilo gótico normando. La capilla, muy simple en su interior, sin ningún otro ornamento que su altar de mármol, no ofrecía ningún refugio. Por lo demás, en primer lugar, hubiera sido necesario introducirse en ella. ¿Y por qué medio?

La inspección llegó hasta la pequeña puerta que servía de entrada a los visitantes de las ruinas. Aquella daba al camino hondo y cerrado entre el recinto y un bosque cortado con frecuencia, donde se veían canteras abandonadas. El señor Filleul se inclinó: el polvo del camino presentaba marcas de neumáticos con cubiertas antideslizantes. De hecho, Raymonde y Victor habían creído oír, después del disparo de escopeta, el ronquido de un automóvil. El juez de instrucción insinuó:

—Seguramente el herido se reunió con sus cómplices.

—Imposible —exclamó Victor—. Yo estaba allí, mientras la señorita y Albert lo veían aún.

—Bueno, no obstante, es preciso que ese individuo se encuentre en alguna parte. O está dentro o está fuera.

—Está aquí —dijeron los criados con terquedad.

El juez se encogió de hombros y se volvió hacia el castillo

con bastante calma. Decididamente, el asunto se presentaba mal. Con un robo en el que nada había sido robado y un prisionero invisible, la cosa no era para sentirse muy satisfecho.

Era tarde. El señor de Gesvres invitó a los magistrados a almorzar, así como a los dos periodistas. Comieron en silencio, y luego el señor Filleul regresó al salón, donde interrogó a los criados. Pero por el lado del patio resonó el trote de un caballo, y un momento después el gendarme a quien habían enviado a Dieppe entró en la estancia.

—Bien. ¿Ha visto usted al sombrerero? —exclamó el juez, impaciente por obtener al fin algún informe.

—La gorra le fue vendida a un chófer.

—¡A un chófer!

—Sí, a un chófer que se detuvo con su coche delante del establecimiento y que preguntó si podían proporcionarle para un cliente suyo una gorra de chófer de cuero amarillo. Quedaba esta. La pagó sin siquiera preocuparse de la medida y se marchó. Tenía mucha prisa.

—¿Y de qué clase era el coche?

—Un cupé de cuatro asientos.

—¿Y cuándo fue eso?

—¿Cuándo? Pues esta misma mañana.

—¿Esta mañana? ¿Qué es lo que usted dice?

—Que la gorra fue comprada esta mañana.

—Pero eso es imposible, puesto que fue encontrada esta noche en el parque. Para ello hubiera sido preciso que hubiese sido comprada con anterioridad.

—Pues fue esta mañana. Me lo dijo el sombrerero.

Hubo unos instantes de desconcierto. El juez de instrucción, estupefacto, trataba de comprender. De pronto dio un salto, iluminado por un rayo de luz.

—Que traigan aquí al chófer que nos transportó esta mañana.

El brigadier de la gendarmería y su subordinado corrieron presurosos hacia las caballerizas. Al cabo de unos minutos el brigadier regresaba solo.

—¿Y el chófer?

—Hizo que le sirvieran de comer en la cocina, almorzó y después…

—¿Después qué?

—Después desapareció.

—¿Con su coche?

—No. Con el pretexto de ir a ver a un pariente en Ouville, pidió prestada la bicicleta del palafrenero. Aquí están su gorra y su chaqueta.

—Pero ¿no se fue con la cabeza descubierta?

—Sacó del bolsillo una gorra y se la puso.

—¿Una gorra?

—Sí, una gorra de cuero amarillo, al parecer.

—¿De cuero amarillo? No puede ser, porque está aquí.

—En efecto, señor juez de instrucción, pero la suya es igual.

El fiscal suplente sonrió ligeramente con sorna.

—¡Muy gracioso! ¡Muy divertido! Hay dos gorras… Una, que era la verdadera y que constituía nuestro único elemento de prueba, se fue sobre la cabeza del seudochófer. La otra, la falsa, la tiene usted entre las manos. ¡Ah! Ese magnífico sujeto nos la ha jugado con limpieza.

—¡Que lo capturen! ¡Que lo traigan aquí! —gritó el señor Filleul—. Brigadier Quevillon, que salgan dos de sus hombres a caballo y a galope.

—Ya está lejos —comentó el fiscal suplente.

—Por lejos que esté, es del todo preciso que le echen el guante.

—Yo así lo espero, pero creo, señor juez de instrucción, que nuestros esfuerzos deben concentrarse sobre todo aquí. Tenga la bondad de leer el papel que acabo de encontrar en los bolsillos del abrigo.

—¿De qué abrigo?

—El del chófer.

Y el fiscal suplente le tendió al señor Filleul un papel doblado en cuatro en el que podían leerse estas breves palabras trazadas a lápiz y con una letra un tanto vulgar: «Ay de la señorita, si ha matado al patrón».

El incidente causó cierta emoción.

—Al buen entendedor, pocas palabras, se nos advierte —murmuró el suplente.

—Señor conde —prosiguió el juez de instrucción—, le suplico que no se inquiete. Ni ustedes tampoco, señoritas. Esta amenaza no tiene ninguna importancia, pues la autoridad está aquí presente, y se tomarán todas las precauciones. Yo respondo de su seguridad. En cuanto a ustedes, señores —agregó, volviéndose hacia los reporteros—, cuento con su discreción. Es gracias a mi complacencia que han podido asistir a esta investigación, y sería corresponderme mal...

Se interrumpió como si se le hubiera ocurrido una idea. Miró a los dos jóvenes alternativamente y se acercó a uno de ellos, diciéndole:

—¿A qué periódico pertenece usted?

—Al *Journal de Rouen*.

—¿Tiene usted su tarjeta de identidad?

—Aquí está.

El documento estaba en regla. El señor Filleul nada tenía que decir, pues, y luego interpeló al otro reportero:

—¿Y usted, señor?

—¿Yo?

—Sí, usted. Le pregunto a qué redacción pertenece usted.

—Dios mío, señor juez de instrucción, escribo para varios periódicos...

—¿Y su tarjeta de identidad?

—No la tengo.

—¡Ah! ¿Y cómo es eso?…

—Porque para que un periódico dé una tarjeta de identidad, es preciso escribir para él de una manera continua.

—¿Y entonces?

—Pues… que yo no soy más que un colaborador ocasional. Mando a un lado y a otro mis artículos, que unas veces se publican y, otras son rechazados… según las circunstancias.

—En ese caso, ¿cómo se llama usted? ¿Sus documentos?

—Mi nombre no le diría a usted nada. En cuanto a mis documentos, no los tengo.

—¿Usted no tiene ningún documento que acredite su profesión?

—Yo no tengo profesión.

—Pero, en fin, señor —exclamó el juez con cierta brusquedad—, no pretenderá usted guardar el incógnito después de haberse introducido aquí valiéndose de la astucia y haberse enterado de los secretos de la justicia.

—Le agradecería que observara, señor juez de instrucción, que usted no me preguntó nada cuando vine, y que, por consiguiente, yo nada tenía que decir. Además, no me ha parecido que la investigación fuese secreta, puesto que todo el mundo asistió a ella… incluso uno de los culpables.

Hablaba despacio, con un tono de delicadeza infinito. Era un hombre muy joven, muy alto y muy delgado, vestido con un pantalón demasiado corto y una chaqueta demasiado estrecha. Tenía un rostro sonrosado de muchacha, una ancha frente y sobre ella una cabellera cortada en cepillo, y la barba rubia y mal cortada. Sus ojos brillaban de inteligencia. Y no parecía en modo alguno turbado, sonriendo con un gesto simpático en la que no había asomo alguno de ironía.

El señor Filleul le observaba con agresivo desafío. Los dos gendarmes se acercaron. El joven exclamó alegremente:

—Está claro, señor juez de instrucción, que usted sospecha que yo soy uno de los cómplices. Pero si así fuese, ¿no me hubiera yo escabullido en el momento oportuno, siguiendo el ejemplo de mi camarada?

—Usted podía esperar…

—Toda esperanza hubiera sido absurda. Reflexione, señor juez de instrucción, y convendrá conmigo que en buena lógica…

El señor Filleul le miró directamente a los ojos, y con sequedad replicó:

—Basta de bromas. ¿Cuál es su nombre?

—Isidore Beautrelet.

—¿Su profesión?

—Alumno de Retórica en el instituto Janson-de-Sailly.

El señor Filleul volvió a clavarle su mirada en los ojos, y secamente le dijo:

—¿Qué cuento me está diciendo usted? Alumno de Retórica…

—En el instituto Janson, calle de la Pompe, número…

—¡Cómo!… ¡Cómo!… —exclamó el señor Filleul—. Pero usted se está burlando de mí. Le conviene no continuar con ese juego.

—Le confieso a usted, señor juez de instrucción, que su sorpresa me asombra. ¿Por qué no puedo yo ser alumno del Instituto Janson? ¿Por mi barba, acaso? Tranquilícese usted, mis barbas son postizas.

Isidore Beautrelet se arrancó los pocos bucles de pelo que adornaban su mentón, y su rostro imberbe surgió más juvenil y más sonrosado todavía. Un verdadero rostro de estudiante de instituto. Y, mientras una risa de chiquillo descubría sus blancos dientes, añadió.

—¿Está usted convencido ahora? ¿Acaso necesita nuevas pruebas? Tenga, lea la dirección en estas cartas de mi padre: «Señor don Isidore Beautrelet, alumno interno en el Instituto Janson-de-Sailly».

Convencido o no, el señor Filleul no tenía en modo alguno aspecto de que le agradara toda aquella historia, y preguntó con tono malhumorado:

—¿Y qué hace usted aquí?

—Pues… me instruyo…

—Hay institutos para eso… el suyo.

—Olvida usted, señor juez de instrucción, que hoy, veintitrés de abril, estamos en plenas vacaciones de Pascua.

—Bueno, ¿y qué?

—Pues que gozo de entera libertad para utilizar esas vacaciones a mi gusto.

—¿Y su padre?…

—Mi padre vive lejos, en el interior de Saboya, y fue él mismo quien me aconsejó que realizara un pequeño viaje por las costas de la Mancha.

—¿Con una barba postiza?

—¡Oh!, no…; eso no. Esa idea fue mía. En el instituto, nosotros hablamos mucho de aventuras misteriosas, y leemos novelas policíacas en las que los protagonistas se disfrazan. Nos imaginamos un montón de cosas complicadas y terribles. Entonces, yo quise divertirme y me puse una barba postiza. Además, tenía la ventaja de que me tomaran en serio y me hacía pasar por un reportero parisiense. Fue así como ayer noche, después de más de una semana insignificante de acontecimientos, tuve el gusto de conocer a mi colega de Rouen, y que esta mañana, habiéndome enterado del asunto de Ambrumésy, él me hubiera propuesto con la mayor amabilidad que le acompañara.

Isidore Beautrelet decía todo eso con una franca sencillez, un poco ingenua, de la cual no era posible no percibir el encanto. El propio señor Filleul, aun manteniendo una desafiadora reserva, escuchaba con agrado.

Con un tono menos brusco, le preguntó.

—¿Y está usted satisfecho de su expedición?

—¡Encantado! Nunca había asistido a un asunto de este género, y este no carece de interés.

—Ni de complicaciones misteriosas de las que usted aprecia tanto.

—¡Y que son tan apasionantes! No conozco ninguna emoción mayor que el ver cómo todos los hechos salen de la sombra, se agrupan unos con otros y forman poco a poco la verdad probable.

—¡La verdad probable! ¡Adónde va usted con tanta prisa! ¿Eso quiere decir que usted tiene ya lista su solución?

—¡Oh!, no… —replicó Beautrelet, riendo—. Solamente que… me parece que existen ciertos puntos sobre los que no sería imposible el formarse una opinión, e incluso otros que resultan de tal modo precisos, que basta con formular una conclusión.

—¡Ah!, eso resulta muy curioso, y ahora, al fin, voy a saber algo. Porque, le confieso con la mayor vergüenza: yo no sé nada.

—Es que usted no ha tenido tiempo para reflexionar, señor juez de instrucción. Lo esencial es reflexionar. Resulta tan raro que los hechos no lleven en sí mismos su propia explicación… ¿No es usted de la misma opinión? En todo caso, yo no he comprobado más que aquellos que están consignados en el proceso verbal.

—¡Maravilloso! De modo que si yo le preguntara a usted cuáles fueron los objetos robados en este salón, ¿qué me respondería?

—Le respondería que yo sé cuáles son esos objetos.

—¡Magnífico! Este señor sabe más de eso que el mismo propietario. El señor De Gesvres lleva su cuenta. El señor Beautrelet no lleva la suya. Le falta una biblioteca y una estatua en las que nadie se había fijado antes. ¿Y si yo le preguntara el nombre del asesino?

—Le respondería igualmente que yo lo sé.

Se produjo un sobresalto entre todos los presentes. El fiscal suplente y el periodista se acercaron más. El señor De Gesvres y las dos jóvenes escuchaban con atención, impresionadas por la seguridad de que daba muestras Beautrelet.

—¿Usted sabe el nombre del asesino?

—Sí.

—¿Y quizá también el lugar dónde se encuentra?

—Sí.

El señor Filleul se frotó las manos, y replicó:

—¡Qué suerte! Esta captura va a constituir el hecho más honroso de mi carrera. ¿Y puede usted hacerme esas revelaciones fulminantes?

—Ahora mismo, sí… O bien, si no ve usted ningún inconveniente, dentro de una hora o dos, cuando ya haya asistido yo a la investigación que usted lleva a cabo.

—No… no… inmediatamente, joven…

En este momento, Raymonde De Saint-Véran, que desde el comienzo de esta escena no había apartado su mirada de Isidore Beautrelet, se adelantó hacia el señor Filleul, y le dijo:

—Señor juez de instrucción…

—¿Qué desea usted, señorita?

La joven dudó unos segundos, con los ojos fijos en Beautrelet, y luego, dirigiéndose al señor Filleul, dijo:

—Le ruego a usted que le pregunte a este señor la razón por la cual él se paseaba ayer por el camino que conduce a la pequeña puerta.

Fue un golpe teatral. Isidore Beautrelet pareció desconcertado.

—¿Yo, señorita? ¿Yo? ¿Me vio usted ayer?

Raymonde se quedó pensativa, con sus ojos siempre fijos en Beautrelet, cual si tratara de confirmar a fondo su convicción, y con voz tranquila manifestó:

—Me crucé en el camino, a las cuatro de la tarde, cuando

yo atravesaba el bosque, con un hombre joven, de la estatura de este señor, vestido como él y que llevaba la barba cortada como la suya… y tuve la impresión de que trataba de ocultarse.

—¿Y era yo?

—Me sería imposible afirmarlo de una manera absoluta, pues mi recuerdo es un poco vago. No obstante… no obstante… me parece ser así… de lo contrario, la semejanza sería extraña…

El señor Filleul estaba perplejo. Después de haber sido burlado ya por uno de los cómplices, ¿iba a permitir que se la jugara también este que se decía estudiante?

—¿Qué tiene usted que responder a eso, señor?

—Que la señorita se equivoca y que me es fácil, demostrarlo. Ayer, a esa hora, yo me encontraba en Veules.

—Tendrá que probarlo, tendrá que probarlo. En todo caso, la situación ya no es la misma. Brigadier, que uno de sus hombres vigile a este señor.

En el rostro de Isidore Beautrelet se reflejó una viva contrariedad.

—¿Y será por mucho tiempo? —preguntó.

—Durante el tiempo preciso para reunir las informaciones necesarias.

—Señor, juez de instrucción, le suplico que las reúna con la mayor rapidez posible…

—¿Por qué?

—Mi padre es anciano. Nos queremos mucho… y yo no quisiera que él sufriese por mí.

El tono lastimero de la voz desagradó al señor Filleul; le recordaba una escena de melodrama. Sin embargo, respondió:

—Esta noche… mañana lo más tarde, ya sabré yo a qué atenerme.

La tarde transcurría. El juez regresó a las ruinas del

claustro, y tomando la precaución de prohibir la entrada a todos los curiosos, pacientemente, con método, dividiendo el terreno en parcelas estudiadas sucesivamente, dirigió por sí mismo las investigaciones... Pero al final del día no había avanzado nada en absoluto, y ante un ejército de periodistas que habían invadido el castillo declaraba:

—Señores, todo nos hace suponer que el herido está aquí, al alcance de nuestra mano. Todo... salvo la realidad de los hechos. Por consiguiente, en nuestra humilde opinión ha debido de escaparse, y será fuera de aquí donde lo encontremos.

No obstante, por precaución, organizó, de acuerdo con el brigadier, la vigilancia del parque, y, después de un nuevo examen de los dos salones y de una visita completa al castillo, luego de haber adquirido todos los informes necesarios, volvió a emprender el camino de Dieppe en compañía del fiscal suplente.

Llegó la noche. Como el gabinete tenía que permanecer cerrado, el cadáver de Daval fue trasladado a otra habitación. Lo velaban dos campesinas del lugar acompañadas por Suzanne y Raymonde. Abajo, vigilado por la mirada atenta del guarda al que le había sido encomendada esa misión, el joven Isidore Beautrelet dormitaba sobre el banco del antiguo oratorio. Fuera, los gendarmes, el granjero y una docena de aldeanos se habían apostado entre las ruinas.

Hasta las once de la noche todo permaneció tranquilo, pero a las once y diez sonó un disparo al otro lado del castillo.

—Atención —gritó el brigadier—. Que queden aquí dos hombres... Fossier y Lecanu... Los demás, rápido...

Todos echaron a correr y giraron por el lado izquierdo. En la sombra se esfumó una silueta. Seguidamente, otro disparo los atrajo ya más lejos, cerca de los límites de la granja. Y de pronto, cuando habían llegado en tropel al vallado que bordeaba el huerto, brotó una llamarada a la derecha de la

casa reservada para el granjero, y otras llamaradas se eleva-
ron también seguidamente, formando una espesa columna
de humo. Era una granja que ardía.

—¡Esos pícaros! —gritó el brigadier—. Quevillon, fueron ellos los que le prendieron fuego. Apresémosles, muchachos, no pueden estar lejos.

Pero la brisa que curvaba las llamas lanzándolas hacia el
cuerpo de la vivienda dio lugar a que, ante todo, se acudiera
a ese peligro. Todos se entregaron con ardor a combatir el
siniestro, tanto más cuanto que el propio señor De Gesvres
acudió al lugar y los estimuló con la promesa de una recom-
pensa. Cuando el fuego quedó dominado, eran las dos de la
madrugada. Toda persecución de los malhechores sería en
vano y quedaba, pues, descartada.

—Ya trataremos eso cuando venga el nuevo día —dijo
el brigadier—. A buen seguro que dejaron algún rastro... ya
los encontraremos.

—Y no me desagradará saber la razón de este ataque —dijo el señor De Gesvres.

—Venga conmigo, señor conde... la razón quizá yo pueda decírsela.

Juntos llegaron a las ruinas del claustro. El brigadier
llamó:

—¡Lecanu!... ¡Fossier!...

Otros gendarmes buscaban ya a sus camaradas dejados
allí de centinelas. Acabaron por descubrirlos a la entrada de
la puerta pequeña. Estaban tendidos en el suelo, amarrados
con cuerdas, amordazados y con los ojos vendados.

—Señor conde —murmuró el brigadier mientras libera-
ban a los dos gendarmes—, nos la han jugado como a unos
niños.

—¿Cómo es eso?

—Los disparos... el ataque... el incendio... todo eso
fueron artimañas para atraernos allí abajo... Una operación

de distracción… Y durante ese tiempo ataron a nuestros dos hombres y el asunto quedó terminado.

—¿Qué asunto?

—¡El rescate del herido, pardiez!

—¿Vamos! ¿Cree usted?…

—¿Que si lo creo? Estoy seguro. Hace ya diez minutos que se me ocurrió esa idea… Soy un imbécil por no haberlo pensado antes. Los hubiéramos capturado a todos.

Quevillon golpeó el suelo con el pie en un súbito acceso de rabia.

—Pero ¿por dónde lo rescataron? ¿Y él, ese pícaro, dónde se ocultaba? Porque hemos registrado el terreno durante todo el día, y un individuo no se oculta en un puñado de hierba, sobre todo cuando está herido. Es cosa de magia… una de esas historias…

No obstante, para el brigadier Quevillon todavía no se habían acabado las sorpresas. Al rayar el alba, cuando penetraron en el oratorio que servía de celda al joven Beautrelet, descubrieron que este había desaparecido. Sobre una silla, doblado, dormía el guarda. A su lado había una botella y dos vasos. En el fondo de uno de los vasos se veía un poco de polvo blanco.

Después de un examen quedó demostrado: primero, que Beautrelet le había administrado un narcótico al guarda, y segundo, que no había podido escaparse más que por una ventana situada a dos metros y medio de altura… y, en fin, detalle encantador, que solo hubiera podido alcanzar aquella ventana utilizando como estribo la espalda de su guardián.

2

Isidore Beautrelet, alumno de Retórica

*H*e aquí un extracto de la información publicada por el *Grand Journal*:

> NOTICIAS DE LA NOCHE
> Secuestro del doctor Delattre.
> Un golpe de una audacia loca.

En el momento de entrar en prensa nuestro periódico, recibimos una noticia cuya autenticidad no nos atrevemos a garantizar, a tal extremo nos parece inverosímil.

Anoche, el doctor Delattre, el célebre cirujano, asistía con su esposa y su hija a la representación de *Hernani* en la Comedia Francesa. Al comienzo del tercer acto, es decir, a eso de las diez, se abrió la puerta de su palco; un señor, a quien acompañaban otros dos, se inclinó hacia el doctor y le dijo en voz lo bastante alta para que la señora Delattre lo oyera:

—Doctor, vengo a cumplir una misión de las más penosas y le agradecería mucho que usted me facilitara la tarea.

—¿Quién es usted, señor?

—Soy el señor Thézard, comisario de policía, y tengo órdenes de llevarle a usted ante el señor Dudouis, en la prefectura.

—Pero ¿cómo…?

—Ni una palabra, doctor, se lo suplico, ni un gesto… Hay un lamentable error y es por lo que debemos actuar en silencio y no llamar la atención de nadie. Antes que termine la función ya estará usted de regreso aquí, no me cabe la menor duda.

El doctor se levantó y siguió al comisario. Pero al terminar la función no había regresado.

Muy inquieta, la señora Delattre acudió a la comisaría de policía. Allí encontró al verdadero señor Thézard, y se enteró, con grave espanto, de que el individuo que se había llevado a su marido no era más que un impostor.

Las primeras investigaciones han revelado que el doctor había subido a un automóvil y que este se había alejado en dirección a la Concorde.

En nuestra segunda edición tendremos a nuestros lectores al corriente de esa increíble aventura.

Pero, por increíble que fuese, la aventura era verídica. Por lo demás, el desenlace no iba a hacerse esperar, y el *Grand Journal* al propio tiempo que la confirmaba en su edición del mediodía, anunciaba en breves palabras el golpe de teatro con que terminaba, el fin de la historia y el comienzo de las suposiciones. Decía el periódico:

Esta mañana, a las nueve, el doctor Delattre ha sido llevado ante la puerta del número 78 de la calle Duret por un automóvil que, inmediatamente, se alejó. El número 78 de la calle Duret no es otro que la propia clínica del doctor Delattre, clínica a la cual llega todas las mañanas a esa misma hora.

Cuando nos presentamos allí, el doctor, que estaba conversando con el jefe de Seguridad, tuvo, sin embargo, la amabilidad de recibirnos. Respondiendo a nuestras preguntas manifestó:

—Todo lo que puedo decirles es que fui tratado con la mayor consideración. Mis tres acompañantes son personas de una refinada educación, espirituales y buenos conversadores, cosa que no era para desdeñar, dado lo largo que fue el viaje.

—¿Cuánto tiempo duró?

—Unas cuatro horas.

—¿Y el objeto de ese viaje?

—Fui llevado a la cabecera de un enfermo cuyo estado precisaba de una intervención quirúrgica inmediata.

—¿Y esa operación salió bien?

—Sí, pero las consecuencias son de temer. Aquí, yo respondería del paciente, pero allí... en las condiciones en que se encuentra...

—¿Son malas esas condiciones?

—Detestables... Una habitación de una posada... y la absoluta imposibilidad, por así decirlo, de recibir cuidados.

—Entonces, ¿qué podría salvarle?

—Un milagro... y además, su constitución física, de un vigor excepcional.

—¿Y no puede usted decir nada más sobre ese extraño cliente?

—No puedo. Primero, lo he jurado, y segundo recibí la suma de cincuenta mil francos a beneficio de mi clínica popular. Si no guardo silencio, esa suma me será retirada.

—¡Vamos! ¿Cree usted?

—Palabra que sí lo creo. Todas aquellas personas me parecieron extraordinariamente serias.

Tales son las declaraciones que nos ha hecho el doctor.

Y hemos sabido también, por otra parte, que el jefe de Seguridad todavía no ha logrado obtener de él informes más precisos sobre la operación que practicó al paciente a quien trató, y sobre las regiones que el automóvil recorrió. Resulta, pues, difícil llegar a saber la verdad.

Esa verdad que el redactor de la entrevista se confesaba impotente para descubrir, los espíritus clarividentes la adivinaron con solo establecer una relación entre el secuestro del doctor y los hechos ocurridos la víspera en el castillo de Ambrumésy, que todos los periódicos relataron ese mismo día con los más mínimos detalles. Había, evidentemente, entre esa desaparición de un ladrón herido y el secuestro del doctor una coincidencia que era preciso tener en cuenta.

La investigación, por lo demás, demostró lo acertado de la hipótesis. Siguiendo la pista del seudochófer que había huido en bicicleta, se comprobó que había logrado llegar al bosque de Arques, situado a unos quince kilómetros, que desde allí, después de haber arrojado la bicicleta a un foso, se había dirigido a la aldea de Saint-Nicolas y que había enviado un telegrama concebido en los siguientes términos.

A. L IV., Oficina 45, París.

Situación desesperada. Operación urgente.
Enviad celebridad por nacional catorce.

La prueba era irrefutable. Avisados los cómplices de París, estos se apresuraron a adoptar sus medidas. A las diez de la noche enviaban a la celebridad solicitada por la carretera nacional catorce, que bordea el bosque de Arques y llega a Dieppe. Durante ese tiempo, a favor del incendio provocado por ella misma, la banda de ladrones rescataba a su jefe y le transportaba a una posada, donde se realizó la operación inmediatamente después de la llegada del doctor, a eso de las dos de la madrugada.

Sobre esto no había duda alguna. En Pontoise, en Gournay, en Forges, el inspector jefe Ganimard, enviado especialmente desde París, con el inspector Folenfant, comprobó el paso de un automóvil en el curso de la noche anterior… Y lo mismo en la carretera de Dieppe a Ambrumésy. Si bien la pista del automóvil se perdía a unos cuatro kilómetros del castillo, cuando menos se observaban numerosos vestigios de su paso entre la pequeña puerta del parque y las ruinas del claustro. Además, Ganimard hizo observar que la cerradura de la puerta había sido forzada.

Por tanto, todo quedaba explicado. Faltaba por determinar la posada de la que el médico había hablado. Tarea fácil para un Ganimard husmeador, paciente y perro viejo en la policía. El número de posadas es limitado, y esta, dado el estado del herido, no podía encontrarse sino en las inmediaciones de Ambrumésy. Ganimard y el brigadier se pusieron en marcha. Visitaron y registraron todo cuanto podía pasar por ser una posada. Pero, contra todo lo que esperaban, el moribundo se obstinó en mantenerse invisible para ellos.

Ganimard ponía el mayor empeño. Regresó al castillo para dormir allí la noche del sábado, con la intención de realizar su investigación personal el domingo. No obstante, el domingo por la mañana se enteró de que una ronda de gendarmes había visto esa misma noche una silueta que se deslizaba por el camino del exterior de los muros. ¿Era un cómplice que venía a recoger informaciones? ¿Debería suponerse que el jefe de la banda no había salido del claustro o de las inmediaciones de este?

Por la noche, Ganimard dirigió abiertamente la escuadra de gendarmes por el lado de la granja y se situó él mismo, así como Folenfant, fuera de los muros, cerca de la puerta.

Un poco antes de medianoche, un individuo salió del bosque, se escurrió entre ellos, cruzó el umbral de la puerta y penetró en el parque. Durante tres horas le vieron errar por entre las ruinas, agacharse, escalar los viejos pilares, quedándose a veces inmóvil durante largos minutos. Luego se acercó a la puerta y de nuevo pasó por entre los dos inspectores.

Ganimard le echó la mano al cuello, mientras Folenfant le sujetaba por el cuerpo. No ofreció resistencia y con la mayor docilidad del mundo se dejó esposar y conducir al castillo. Pero cuando quisieron interrogarle, les contestó que no tenía ninguna cuenta pendiente con ellos y que esperaría a la llegada del juez de instrucción.

Entonces le amarraron sólidamente al pie de una cama en una de las habitaciones contiguas que ellos ocupaban.

El lunes por la mañana, a las nueve, una vez llegado el señor Filleul, Ganimard le anunció la captura que había realizado. Hicieron bajar al prisionero. Era Isidore Beautrelet.

—¡El señor Isidore Beautrelet! —exclamó el señor Filleul con aire de sentirse encantado y tendiéndole las manos al recién llegado—. ¡Qué magnífica sorpresa! ¡Nuestro excelente detective aficionado aquí… y a nuestra disposición!… ¡Esta es una gran suerte! Señor inspector, permítame que le presente al señor Beautrelet, alumno de Retórica del Instituto Janson.

Ganimard parecía un tanto desconcertado. Isidore lo saludó en voz muy baja, como a un colega cuyo valor se aprecia, y luego, volviéndose hacia el señor Filleul, dijo:

—¿Parece, señor juez de instrucción, que ha recibido usted buenos informes sobre mí?

—Muy buenos. En primer lugar, usted estaba, en efecto, en Veules-les-Roses en el momento en que la señorita de Saint-Véran creyó haberlo visto en el camino. Nosotros averiguaremos, no lo dudo, la identidad de su socia. En segundo lugar, usted es efectivamente Isidore Beautrelet, alumno de Retórica, y hasta un excelente alumno, de conducta ejemplar. Como su padre vive en provincias, usted sale una vez por mes a casa del corresponsal de aquel, señor Bernod, quien no oculta sus elogios hacia usted.

—De modo que…

—De modo que está usted libre.

—¿Absolutamente libre?

—Absolutamente. ¡Ah!, sin embargo, pongo una pequeñísima condición. Usted comprende que yo no puedo poner en libertad a un señor que administra narcóticos, que se evade por las ventanas y al que luego detienen en flagrante delito de vagabundeo dentro de propiedades privadas, sin que a cambio de esta libertad yo obtenga una compensación.

—Yo espero lo que usted diga.

—Pues bien: nosotros vamos a reanudar nuestra interrumpida conversación, y usted va a decirme adónde ha llegado en sus investigaciones… En dos días que lleva gozando de libertad, debe de haber llegado muy lejos en ellas.

Ganimard se disponía a marcharse con un afectado desdén hacia aquella escena, pero el juez le dijo:

—No, no, señor inspector, su lugar está aquí… Yo le aseguro que al señor Isidore Beautrelet vale la pena que se le escuche. Según mis informes, el señor Beautrelet se ha creado en el Instituto Janson-de-Sailly una fama de observador al cual nada puede pasarle inadvertido, y, según me han dicho, sus condiscípulos le consideran como el émulo de usted, como el rival de Herlock Sholmès.

—¡De veras! —exclamó Ganimard con ironía.

—Exactamente. Uno de esos condiscípulos me ha escrito diciendo: «Si Beautrelet declara que sabe, es preciso creerlo, y lo que él diga no dude que será la expresión exacta de la verdad».

Isidore escuchaba, sonriendo, y dijo:

—Señor juez, usted es cruel. Usted se burla de unos pobres colegiales que se divierten como pueden. Por lo demás, tiene usted razón, y yo no le proporcionaré más motivos para mofarse de mí.

—Lo que ocurre es que usted no sabe nada, señor Beautrelet.

—Confieso, en efecto, muy humildemente, que no sé nada. Porque no llamo «saber algo» al descubrimiento de tres o cuatro puntos más precisos que, por lo demás, no han podido, estoy seguro, escapar a su observación.

—¿Por ejemplo?

—Por ejemplo, el objeto del robo.

—¡Ah!; decididamente, ¿conoce usted el objeto del robo?

—Como también lo sabe usted, no lo dudo. Es, incluso, lo primero que yo he estudiado, pues esa tarea me parecía la más fácil.

—¿Era verdaderamente la más fácil?

—¡Dios mío! Sí. Se trata, cuando más, de formular un razonamiento.

—¿Y nada más?

—Nada más.

—¿Y cuál es ese razonamiento?

—Helo aquí, despojado de todo comentario. Por una parte, ha habido robo, puesto que esas dos señoritas están de acuerdo en que ellas vieron realmente a dos hombres que huían llevándose objetos.

—Sí, ha habido robo.

—Y, por otra parte, nada ha desaparecido, puesto que el señor De Gesvres lo afirma así, y él se encuentra en mejor posición que nadie para saberlo.

—No, no ha desaparecido nada.

—De esas dos comprobaciones resulta inevitablemente esta consecuencia: que desde el momento en que ha habido robo y que nada ha desaparecido, es que el objeto sustraído ha sido sustituido por otro objeto idéntico. Me apresuro a señalar que es posible que este razonamiento no quede confirmado por los hechos. Pero yo pretendo que es el primero que debe planteársenos y que no hay derecho a desecharlo sino después de un examen riguroso.

—En efecto… en efecto… —murmuró el juez de instrucción, visiblemente interesado.

—No obstante —continuó Isidore—, ¿qué había en ese salón que pudiera atraer la codicia de los ladrones? Dos cosas. Primero, los tapices. Puede que no sea eso. Un tapiz antiguo no se imita, y la superchería de la sustitución hubiera saltado a la vista. Quedan los cuatro cuadros de Rubens.

—¿Qué dice usted?

—Yo digo que los cuatro Rubens colgados en ese muro son falsos.

—¡Imposible!

—Son falsos, *a priori* y fatalmente.

—Le repito a usted que eso es imposible.

—Hará muy pronto un año, señor juez de instrucción, un joven que se hacía llamar Charpenais vino al castillo de Ambrumésy y pidió permiso para copiar los cuadros de Rubens. Ese permiso le fue concedido por el señor De Gesvres. Cada día, durante cinco meses, de la mañana a la noche, Charpenais trabajaba en este salón. Son las copias que él hizo, marcos y telas, los que han tomado el lugar de los cuatro grandes cuadros originales, legados al señor De Gesvres por su tío, el marqués de Bobadilla.

—Presente usted pruebas.

—Yo no tengo pruebas que presentar. Un cuadro es falso porque es falso, y yo estimo que ni siquiera hay necesidad de examinar esos.

El señor Filleul y Ganimard se miraron sin disimular su sorpresa. El inspector ya no pensaba ahora en retirarse. Por fin, el juez de instrucción murmuró:

—Necesitaría conocer la opinión del señor De Gesvres.

Ganimard aprobó esta idea, y dieron orden de rogarle al conde que viniera al salón.

Era una verdadera victoria lograda por el joven retórico. Obligar a dos hombres del oficio, a dos profesionales como el señor Filleul y Ganimard a tomar en cuenta sus hipótesis, constituía un homenaje del que cualquier otro se hubiera enorgullecido. Pero Beautrelet parecía insensible a esas pequeñas satisfacciones del amor propio y, siempre sonriente, sin la menor ironía, esperaba. Entró el señor De Gesvres.

—Señor conde —le dijo el juez de instrucción—, la continuación de nuestras investigaciones nos pone cara a cara con una eventualidad completamente imprevista y que nosotros sometemos a usted con toda clase de reservas... Pudiera ocurrir... digo yo... pudiera ser... que los ladrones, al penetrar aquí, hayan tenido por objeto el robar sus cuatro Rubens o, cuando menos, sustituirlos por cuatro copias... copias que habría ejecutado hace un año un pintor de nombre Charpenais. ¿Quiere usted examinar esos cuadros y decirnos si usted los considera como auténticos?

El conde pareció dominar un gesto de contrariedad, observó a Beautrelet, luego al señor Filleul, y respondió, sin siquiera tomarse la pena de acercarse a los cuadros:

—Yo esperaba, señor juez de instrucción, que la verdad permaneciera ignorada. Pero ya que ocurre de otro modo, no dudo en declarar que esos cuatro cuadros son falsos.

—Entonces, ¿ya lo sabía usted?

—Desde el primer momento.

—¿Y por qué no lo decía usted?

—El poseedor de un objeto nunca tiene prisa por decir que ese objeto no es... o que ha dejado de ser auténtico.

—Sin embargo, era el único medio de volver a recuperarlos.

—Había otro mejor.

—¿Cuál?

—El de no desentrañar el secreto, el no espantar a mis ladrones y proponerles el comprarles unos cuadros con los cuales deben encontrarse un tanto embarazados.

—¿Y cómo comunicarse con ellos?

El conde no respondió. Fue Isidore quien dio la respuesta:

—Por medio de una nota publicada en los periódicos. Una pequeña nota publicada en el *Journal* y en el *Matin*, así concebida: «Estoy dispuesto a comprar los cuadros».

El conde aprobó con un movimiento de cabeza. Una vez más, el joven daba lecciones a sus mayores.

El señor Filleul siguió muy bien el juego, y dijo:

—Decididamente, querido señor, comienzo a creer que sus camaradas no están completamente equivocados. ¡Diablos, qué magnífico golpe de vista tiene usted! ¡Qué intuición! Si esto continúa, el señor Ganimard y yo ya no tendremos nada que hacer.

—¡Oh!, todo eso no era en absoluto complicado.

—¿Quiere usted decir que el resto lo es mucho más? Yo recuerdo, en efecto, que en ocasión de nuestro primer encuentro, usted tenía el aspecto de saber mucho más. Veamos: por lo que yo puedo recordar, usted afirmaba que el nombre del asesino le era conocido.

—En efecto.

—¿Quién ha matado, entonces, a Jean Daval? ¿Ese hombre está aún vivo? ¿Dónde se oculta?

—Hay un equívoco entre nosotros, señor juez, o, mejor dicho, entre usted y la realidad de los hechos, y esto desde un principio. El asesino y el fugitivo son dos personas distintas.

—¿Qué dice usted? —exclamó el señor Filleul—. El hombre a quien el señor De Gesvres vio en el gabinete y contra el cual luchó... el hombre a quien esas señoritas vieron en el salón y contra el cual disparó la señorita de Saint-Véran... el hombre que cayó en el parque y que nosotros buscamos... ¿ese hombre no es el que ha matado a Jean Daval?

—No.

—¿Ha descubierto usted las huellas de un tercer cómplice que habría desaparecido antes de la llegada de esas señoritas?

—No.

—Entonces, no comprendo nada... ¿Quién es, por tanto, el asesino de Jean Daval?

—Jean Daval ha sido asesinado por…

Beautrelet se interrumpió, quedó pensativo unos instantes, y luego prosiguió:

—Pero, antes de nada, es preciso que yo le muestre el camino que he seguido para llegar a la certidumbre, y las propias razones del crimen… sin lo cual mi acusación le parecería monstruosa… Y no lo es… no, no lo es… Hay un detalle que no fue observado y que, sin embargo, tiene la mayor importancia: y es que Jean Daval, en el momento en que fue atacado, estaba vestido con toda su ropa y calzado; en suma, vestido como lo estaba en pleno día. No obstante, el crimen fue cometido a las cuatro de la madrugada.

—Ya observé esa cosa extraña —dijo el juez—. El señor De Gesvres me respondió que Daval pasaba una parte de las noches trabajando.

—Los criados dicen lo contrario: que se acostaba regularmente muy temprano. Pero admitamos que se encontraba levantado: ¿por qué deshizo su cama para hacer creer que estaba acostado? Y si estaba acostado, ¿por qué al escuchar ruidos se vistió de pies a cabeza, en lugar de vestirse de cualquier modo? Yo visité su cuarto el primer día mientras ustedes almorzaban: sus pantuflas estaban al pie de la cama. ¿Qué le impidió ponérselas, antes que calzarse las pesadas botas con herrajes?

—Hasta aquí no veo…

—Hasta aquí, en efecto, usted no puede ver sino anomalías. Sin embargo, a mí me han parecido mucho más sospechosas cuando supe que el pintor Charpenais, el copista de los Rubens, había sido presentado al conde por el propio Daval.

—¿Y entonces?

—Entonces, de ahí a concluir que Jean Daval y Charpenais eran cómplices, no hay más que un paso. Ese paso ya lo había dado yo en ocasión de nuestra conversación.

—Demasiado deprisa, me parece.

—En efecto, hacía falta una prueba material. No obstante, yo había descubierto en la habitación de Daval, sobre una de las hojas del cartapacio encima del cual escribía, esta dirección que, por lo demás, se encuentra todavía allí, y calcada en el secante a la inversa: «Señor A. L. N., oficina cuarenta y cinco, París». Al día siguiente se descubrió que el telegrama enviado desde Saint-Nicolas por el seudochófer llevaba esta misma dirección «A. L. N., oficina cuarenta y cinco». La prueba material existía. Jean Daval se comunicaba por escrito con la banda que había organizado el robo de los cuadros.

El señor Filleul no opuso ninguna objeción. Dijo:

—Sea. La complicidad queda demostrada. ¿Y cuáles son sus conclusiones?

—Primero, esta: que no fue en modo alguno el fugitivo quien mató a Jean Daval, puesto que Daval era su cómplice.

—¿Entonces?

—Señor juez de instrucción, recuerde usted la primera frase que pronunció el señor De Gesvres cuando se despertó de su desvanecimiento. La frase, según la repitió la señorita de Gesvres, figura en el proceso verbal: «Yo no estoy herido. ¿Y Daval?... ¿está vivo?... ¿y el cuchillo?». Y le pido a usted que la relacione con aquella parte de su relato, igualmente consignada en el proceso verbal, en que el señor De Gesvres relata la agresión: «El hombre saltó sobre mí y me dio un puñetazo en la sien». ¿Cómo podía el señor De Gesvres, que estaba desvanecido, saber al volver en sí, que Daval había sido herido con un cuchillo?

Beautrelet no esperó respuesta a su pregunta. Se hubiera dicho que se apresuraba a hacerla para sí mismo, a fin de cortar de inmediato todo comentario. Seguidamente prosiguió:

—Por consiguiente, fue Jean Daval quien condujo a los tres ladrones hasta el salón. Mientras él se encontraba con aquel que ellos llaman su jefe, oyeron ruido en el gabinete y Daval abrió la puerta. Reconoció al señor De Gesvres y se precipitó contra él armado de un cuchillo. El señor De Gesvres logró arrancarle el cuchillo, le golpeó con él, y a su vez cayó derribado por un puñetazo de aquel individuo a quien las dos jóvenes verían unos minutos después.

De nuevo el señor Filleul y el inspector se miraron. Ganimard agachó la cabeza con aire desconcertado. El juez dijo:

—Señor conde, ¿debo creer que esta versión es exacta?…

El señor De Gesvres no respondió:

—Veamos, señor conde, su silencio nos permitiría suponer…

Con voz clara y firme, el señor De Gesvres manifestó:

—Esa versión es exacta en todos sus puntos.

El juez se sobresaltó, y dijo:

—Entonces no comprendo el porqué indujo a la justicia al error. ¿Para qué disimular un acto que usted tenía el derecho de cometer al actuar en legítima defensa?

—Desde hace veinte años —replicó el señor De Gesvres—, Daval trabajaba a mi lado. Yo confiaba en él. Si me ha traicionado a consecuencia de no sé qué tentaciones, yo no quería, cuando menos, en recuerdo del pasado, que su traición fuese conocida.

—Sea, pero usted debía…

—No estoy de acuerdo con usted, señor juez de instrucción. Desde el momento en que ningún inocente se hallaba acusado por ese crimen, mi derecho absoluto consistía en no acusar a aquel que era a la vez culpable y víctima. Ya está muerto. Y yo estimo que la muerte ha sido castigo suficiente.

—Pero ahora, señor conde, que la verdad ya fue dada a conocer, puede hablar.

—Sí. Aquí están dos paquetes de cartas escritas por él a sus cómplices. Yo las encontré en su cartera de documentos unos minutos después de su muerte.

De ese modo, todo quedaba aclarado. El drama salía de

las sombras y, poco a poco, iba apareciendo bajo su verdadera luz.

—Prosigamos —dijo el señor Filleul, después que el conde se hubo retirado.

—En verdad —manifestó alegremente Beautrelet—, ya se me está acabando lo que tenía que decir.

—Pero ¿y el fugitivo, el herido?

—En cuanto a eso, señor juez de instrucción, usted sabe tanto como yo... Usted ha seguido sus pasos sobre la hierba del claustro... usted sabe...

—Sí, yo sé... pero después le rescataron, y lo que yo quisiera obtener son indicaciones sobre esa posada.

Isidore Beautrelet rompió a reír.

—¡La posada! Esa posada no existe. Es un truco para despistar a la justicia... un truco ingenioso, puesto que ha tenido éxito.

—No obstante, el doctor Delattre afirma...

—Justamente —exclamó Beautrelet con tono de convicción—. Es precisamente porque el doctor lo afirma, que no hay que creerlo. ¿Cómo es que el doctor Delattre no ha querido dar, respecto a toda su aventura, más que los detalles más vagos... no ha querido decir nada que pueda comprometer la seguridad de su cliente?... Y de pronto llama la atención sobre una posada. Pero esté usted seguro de que, si pronunció la palabra «posada», es porque así le fue impuesto. Tenga la seguridad de que la historia que nos ha contado le fue dictada bajo pena de terribles represalias contra él. El doctor tiene una esposa y una hija, y las quiere demasiado para desobedecer a unas personas cuyo formidable poder él experimentó. Y es por ello que él les suministró a ustedes la más exacta de las indicaciones.

—Tan exacta que no hay modo de encontrar la posada.

—Tan exacta que ustedes no cesan de buscarla, en contra de toda verosimilitud, y de modo que se desviaran del único lugar donde ese hombre puede encontrarse… ese lugar misterioso que no ha abandonado, que no ha podido abandonar desde el instante en que, herido por la señorita de Saint-Verán, consiguió deslizarse hasta el mismo como una bestia dentro de su madriguera.

—Pero ¿dónde, maldita sea?…

—En las ruinas de la vieja abadía.

—Pero ¡si ya no existen verdaderamente ruinas! ¡Apenas si quedan unos trozos de muro! ¡Unas cuantas columnas!

—Allí es donde se ha escondido, señor juez —exclamó Beautrelet con energía—. Es allí donde tienen ustedes que concentrar sus esfuerzos. Es allí, y no en otra parte, donde encontrarán ustedes a Arsène Lupin.

—¡Arsène Lupin! —exclamó el señor Filleul, sobresaltado.

Se produjo un silencio un tanto solemne en el cual parecieron prolongarse las sílabas del famoso nombre. Arsène Lupin, el gran aventurero, el rey de los ladrones… ¿era posible que fuese él el adversario vencido, pero, no obstante, invisible, contra el cual estaba empeñada aquella lucha en vano desde hacía varios días? Pero Arsène Lupin, cogido en la trampa, detenido por un juez, constituía para este el ascenso inmediato, la fortuna, la gloria.

Ganimard no se había movido. Isidore le preguntó:

—Usted está de acuerdo conmigo, ¿verdad, señor inspector?

—¡Pardiez, claro que lo estoy!

—¿Usted tampoco ha dudado jamás de que él fue el organizador de este asunto?

—No lo dudé ni un segundo. Lleva su firma. Un golpe dado por Lupin difiere de otro golpe como de un rostro a otro rostro. Basta con abrir los ojos.

—Usted cree… usted cree… —repetía el señor Filleul.

—Que si lo creo… —exclamó el joven—. Observe usted

solamente este pequeño hecho: ¿bajo qué iniciales se comunicaban esas gentes entre sí? A. L. N., es decir, la primera letra del nombre de Arsène y la última del nombre Lupin.

—¡Ah —exclamó Ganimard—. Nada se le escapa, es usted un tipo duro, y el viejo Ganimard le rinde honores.

Beautrelet enrojeció de satisfacción y estrechó la mano que le tendía el inspector. Los tres se habían acercado al balcón y sus miradas se posaron sobre las ruinas. El señor Filleul murmuró:

—Entonces él tiene que estar allí.

—Él está allí —dijo Beautrelet con sorda voz—. Está allí desde el mismo instante en que cayó herido. Lógica y prácticamente, no podía escapar sin ser visto por la señorita de Saint-Véran y sus dos criados.

—¿Qué prueba tiene usted de ello?

—La prueba nos la han dado sus propios cómplices. Aquella misma mañana, uno de ellos se disfrazaba de chófer y le conducía a usted aquí…

—Para recoger la gorra que era un elemento de identificación…

—Sea, pero también, y sobre todo, para visitar estos lugares, darse cuenta y ver por sí mismo qué es lo que le había ocurrido al jefe.

—¿Y se dio cuenta?

—Me lo supongo, puesto que conocía el escondrijo. Y supongo también que el estado desesperado de su jefe le fue revelado, pues bajo los efectos de su inquietud cometió la imprudencia de escribir estas palabras de amenaza: «Ay de la señorita si ha matado al patrón».

—Pero sus amigos quizá le hayan rescatado después.

—¿Cuándo? Los hombres de usted no se han apartado de las ruinas. Y además, ¿adónde podían transportarle? Cuando más, a unos centenares de metros de distancia, porque no se puede hacer viajar a un moribundo… y entonces ustedes le hubieran encontrado. No, yo les digo que él está allí. Sus amigos jamás le hubieran arrancado del más seguro de los refugios. Fue allí donde sus amigos llevaron al doctor, mientras los gendarmes acudían a apagar el incendio como unos niños.

—Pero, entonces, ¿cómo vive? Para vivir hacen falta alimento… agua…

—Sobre eso nada puedo decir… no digo nada… pero él está allí, se lo juro. Está allí, porque no puede no estar. Estoy seguro, como si le viera, como si le tocara. Está allí.

Con el dedo apuntando hacia las ruinas dibujaba en el aire un pequeño círculo que disminuía poco a poco hasta no ser ya más que un punto. Y ese punto los dos acompañantes lo buscaban tenazmente, ambos inclinados sobre el espacio y emocionados por la misma fe que animaba a Beautrelet y temblorosos por la ardiente convicción que aquel les había impuesto. Sí, Arsène Lupin estaba allí. Tanto en teoría como en la realidad estaba allí, y ni uno ni otro podían ya dudarlo.

Y había algo trágico e impresionante en saber que, en algún refugio tenebroso, yacía sobre el propio suelo, sin socorro, febril, agotado, el célebre aventurero.

—¿Y si muriese? —preguntó el señor Filleul en voz baja.

—Si muere —respondió Beautrelet—, una vez que sus cómplices tengan la certidumbre de ello, vele usted por la seguridad de la señorita De Saint-Véran, señor juez, pues la venganza será terrible.

Unos minutos más tarde, y a pesar de los ruegos del señor Filleul, a quien hubiera agradado conservar para sí este prestigioso auxiliar, Beautrelet, cuyas vacaciones terminaban ese mismo día, tomaba de nuevo el camino de Dieppe, llegaba a París a las cinco de la tarde y a las ocho penetraba, al mismo tiempo que sus condiscípulos, por la puerta del instituto.

Ganimard, después de haber realizado una exploración tan minuciosa como inútil de las ruinas de Ambrumésy, regresó en el tren rápido de la noche. Al llegar a su casa encontró una carta continental que decía:

Señor inspector jefe: Disponiendo de algún tiempo al final de la jornada pude reunir ciertos informes complementarios que no dejarán de interesarle a usted.

Desde hace un año, Arsène Lupin vive en París bajo el nombre de Étienne de Vaudreix. Es un nombre que usted ha podido leer a menudo en las crónicas de sociedad y en los ecos deportivos. Gran viajero, está largo tiempo ausente, ausencia que según él dice dedica a la caza de tigres de Bengala o de zorros azules en Siberia. Hace creer que se ocupa de sus negocios, sin que pueda precisar de qué clase de negocios se trata.

Su domicilio actual es 36, calle Marbeuf. (Le ruego que observe que la calle Marbeuf está próxima a la oficina postal número 45.) Desde el jueves 23 de abril, víspera de la agresión de Ambrumésy, no hay noticia alguna del paradero de Étienne de Vaudreix.

Reciba, señor inspector jefe, con toda mi gratitud por la benevolencia que usted me ha testimoniado, la seguridad de mis mejores sentimientos.

ISIDORE BEAUTRELET

Posdata: Especialmente, no crea que me haya costado mucho trabajo el obtener esas informaciones. La misma mañana del crimen, cuando el señor Filleul realizaba sus investigaciones ante algunos privilegiados, yo tuve la feliz inspiración de examinar la gorra del fugitivo, antes de que el seudochófer fuera allí a cambiarla. Me bastó con el nombre del sombrerero, como usted comprenderá, para encontrar el hilo que me llevó a conocer el nombre del comprador y su domicilio.

Al día siguiente, Ganimard se presentó en el número 36 de la calle Marbeuf. Una vez que tomó informes en la portería, ordenó que le abrieran la vivienda de la derecha, de la planta baja, donde no descubrió nada más que cenizas en la chimenea. Cuatro días antes, dos amigos habían venido al piso a quemar todos los papeles comprometedores. Pero, en el momento de salir, Ganimard se encontró con el cartero, portador de una carta para el señor De Vaudreix. Estaba sellada en Estados Unidos y contenía estas líneas escritas en inglés:

> Señor:
>
> Le confirmo la respuesta que ya he dado a su agente. Desde el momento que tenga usted en su poder los cuatro cuadros del señor de Gesvres, envíemelos por el medio convenido. Unirá usted a ello el resto, si logra conseguirlo, cosa que yo dudo mucho.
>
> Un asunto imprevisto me obliga a partir y, por consiguiente, llegaré al mismo tiempo que esta carta. Me encontrará usted en el Grand-Hôtel.
>
> HARLINGTON

Ese mismo día, Ganimard, provisto de una orden de detención, llevó a la prisión central al señor Harlington, ciudadano norteamericano, acusado de encubrimiento y complicidad en el robo.

Así pues, en el espacio de veinticuatro horas, gracias a las indicaciones, verdaderamente inesperadas, de un muchacho de diecisiete años, todos los nudos de la intriga se desanudaban. En veinticuatro horas aquello que resultaba inexplicable se hacía sencillo y claro. En veinticuatro horas, el plan de los cómplices para salvar a su jefe estaba desbaratado, no había ya duda sobre la captura de Arsène Lupin, herido, moribundo; su banda estaba desorganizada, se sabía ya su residencia en París, así como la máscara con la que se cubría y, por primera vez, se atravesaba de parte a parte, antes de que pudieran conseguir su completa ejecución, uno de sus golpes más hábiles y más largamente estudiados.

Entre el público brotó como un inmenso clamor de asombro, de admiración y de curiosidad. Ya el periodista de Rouen, en un artículo muy logrado, había relatado el primer interrogatorio del joven retórico, poniendo en primer plano su gracia, su encanto ingenuo y su tranquila firmeza. Las indiscreciones a que Ganimard y el señor Filleul se entregaron a pesar suyo, arrastrados por un impulso más fuerte que su orgullo profesional, iluminaron al público sobre el papel de Beautrelet en el curso de los últimos acontecimientos. Él solo lo había hecho todo. Y a él solo correspondía todo el mérito de la victoria.

Surgió el apasionamiento. De la noche a la mañana, Isidore Beautrelet se convirtió en un héroe, y la multitud, súbitamente apasionada, exigió sobre su nuevo favorito los más amplios detalles. Los reporteros estaban allí. Se precipitaron al asalto del Instituto Janson-de-Sailly, acecharon a los alumnos externos al salir de las clases y recogieron cuantos informes pudieron de todo lo que, de cerca o de lejos, concernía al llamado Beautrelet; y así se supo la fama de que gozaba entre sus compañeros aquel que ellos llamaban el rival de Herlock Sholmès. Por razonamiento, por lógica y sin más datos que aquellos que él mismo leía en los periódicos, en diversas ocasiones había anunciado la solución de asuntos complicados que la propia justicia aclararía solamente mucho tiempo después que él.

Pero lo más curioso fue el opúsculo que apareció en circulación entre los alumnos del instituto, firmado por él, impreso en máquina de escribir y con una tirada de diez ejemplares. Llevaba como título: «Arsène Lupin, sus métodos, en qué es clásico y en qué es original».

Era un estudio profundo de cada una de las aventuras de

Lupin, en el que los procedimientos del ilustre ladrón eran presentados con extraordinario relieve, en el que se mostraba el mecanismo de sus maneras de proceder, su táctica tan especial, sus cartas a los periódicos, sus amenazas, el anuncio de sus robos y, en suma, el conjunto de artimañas que él empleaba para «cocinar» a la víctima elegida y ponerla en un estado de espíritu tal, que casi se ofrecía por sí misma al golpe preparado contra ella y que todo se efectuaba, por así decirlo, con su propio consentimiento.

El opúsculo era tan exacto como crítica, tan penetrante, tan vívido y de una ironía a la par tan ingenua y tan cruel, que inmediatamente los amantes de la risa se pusieron de su parte, la simpatía de las multitudes se volvió sin transición de Lupin hacia Isidore Beautrelet, y en la lucha que se entablaba entre ellos se proclamó por adelantado la victoria del joven retórico.

En todo caso; en cuanto a esa victoria, el señor Filleul, lo mismo que el Ministerio Fiscal de París, parecían celosos de otorgarle toda oportunidad. Por una parte, en efecto, no se lograba establecer la identidad del señor Harlington ni presentar una prueba decisiva de que estuviera afiliado a la banda de Lupin. Cómplice o no, él se callaba obstinadamente. Y lo que es más, después de haber examinado su escritura, ya nadie se atrevía a afirmar que fuese él el autor de la carta interceptada. Lo único que era posible afirmar es que un señor llamado Harlington, provisto de un saco de viaje y de una cartera llena de billetes de banco, había ido a alojarse en el Grand-Hôtel.

Por otra parte, en Dieppe, el señor Filleul descansaba sobre las posiciones que Beautrelet le había conquistado. No daba un solo paso adelante. En torno al individuo a quien la señorita De Saint-Véran había tomado por Beautrelet, la víspera del crimen, reinaba el mismo misterio. Y las mismas tinieblas imperaban sobre todo cuanto se relacionaba con el robo de los cuatro Rubens. ¿Qué se había hecho de esos cuadros? Y el automóvil que se los había llevado durante la noche, ¿qué camino había seguido?

En Luneray, en Yerville, en Yvetot, habían sido recogidas pruebas de su paso, así como en Caudebec-en-Caux, donde había tenido que cruzar el Sena al amanecer en la barca de vapor. Pero cuando se llevó más a fondo la investigación, se comprobó que ese automóvil era un coche abierto y que hubiera sido imposible cargar en él cuatro grandes cuadros sin que los empleados de la barca se hubieran dado cuenta de ello. Muy probablemente se trataba del mismo automóvil, pero, no obstante, continuaba planteándose esta pregunta: ¿qué se había hecho de los cuatro Rubens?

Y todos esos problemas el señor Filleul los dejaba sin respuesta. Cada día, sus subordinados registraban el cuadrilátero de las ruinas. Y casi todos los días él venía a dirigir las exploraciones. Pero entre eso y descubrir el escondrijo donde Lupin agonizaba —si hasta ese extremo era exacta la opinión de Beautrelet— mediaba un abismo que el excelente magistrado no parecía dispuesto a franquear.

Igualmente era natural que la gente se volviera hacia Isidore Beautrelet, puesto que él solo había logrado penetrar las tinieblas que, aparte él, se formaban de nuevo más intensas y más impenetrables. ¿Por qué no ponía él mayor empeño en ese asunto? Considerando el punto hasta donde lo había llevado, le bastaría un solo esfuerzo para conseguir el éxito.

Tal pregunta le fue planteada por un redactor del *Grand Journal*, que consiguió introducirse en el Instituto Janson bajo el falso nombre de Bernod, corresponsal del padre de Beautrelet. A lo que Isidore respondió muy sagazmente:

—Querido señor, hay algo más que Lupin en este mundo, hay algo más que historias de ladrones y detectives, pues hay también esta realidad que se llama bachillerato. Pues bien, yo me presento a exámenes en julio y estamos en mayo; y no quiero fracasar. ¿Qué diría mi padre?

—Pero ¿y qué diría también si usted le entregara a la justicia a Arsène Lupin?

—¡Bah! Hay tiempo para todo. En las próximas vacaciones…

—¿Las de Pentecostés?

—Sí. Me marcharé el sábado seis de junio por la mañana.

—Y por la noche Lupin será detenido.

—¿Me concedería usted hasta el domingo? —preguntó Beautrelet, riendo.

Esa confianza inexplicable expresada por el periodista, nacida todavía ayer, pero ya tan grande, todo el mundo la experimentaba en relación al joven, aun cuando en la realidad los acontecimientos no la justificaran más que hasta cierto punto. No importaba. Se creía en él. Para él nada parecía difícil. Se esperaba de él lo que hubiera podido esperarse, cuando más, de algún fenómeno de clarividencia e intuición, de experiencia y de habilidad. ¡El 6 de junio! Esta fecha era señalada en todos los periódicos. El 6 de junio, Isidore Beautrelet tomaría el rápido de Dieppe y esa misma noche sería detenido Arsène Lupin.

Y llegó el 6 de junio. Media docena de periodistas acechaban a Isidore en la estación de Saint-Lazare. Dos de ellos querían acompañarlo en su viaje, pero él les suplicó que no lo hicieran.

Por tanto, se marchó solo. Su compartimento estaba vacío. Bastante cansado por una serie de noches consagradas al trabajo, no tardó en dormirse con pesado sueño. Y en sueños tuvo la impresión de que el tren se detenía en diversas estaciones, y que subían y bajaban personas. Al despertarse a la vista de Rouen estaba todavía solo. Pero sobre el respaldo del asiento de enfrente había una amplia hoja de papel sujeta con un alfiler al paño gris de que estaba tapizado el asiento, y en la cual se fijaron sus ojos. Contenía estas palabras:

Cada cual a sus negocios. Ocúpese usted de los suyos.
Si no, tanto peor para usted.

—Magnífico —se dijo él, frotándose las manos—. Van mal las cosas en el campo enemigo. Esta amenaza es tan estúpida como la del seudochófer. ¡Qué estilo! Bien se ve que no es Lupin el que maneja la pluma.

El tren penetraba en el túnel que precede a la vieja ciudad normanda. En la estación, Isidore dio dos o tres vueltas por el andén para estirar las piernas. Se disponía a volver a su compartimento cuando se le escapó un grito. Al pasar cerca de la librería del andén había leído distraídamente en la primera página de una edición especial del *Journal de Rouen* estas breves líneas cuyo espantoso significado enseguida percibió.

Última hora.— Nos telefonean de Dieppe que esta noche unos malhechores penetraron en el castillo de Ambrumésy, ataron y amordazaron a la señorita De Gesvres y secuestraron a la señorita De Saint-Véran. Se descubrieron huellas de sangre a quinientos metros del castillo, y muy cerca de allí fue encontrada una manteleta de mujer igualmente manchada de sangre. Hay motivos para temer que la desventurada joven haya sido asesinada.

Hasta llegar a Dieppe, Isidore Beautrelet permaneció inmóvil. Inclinado, apoyados los codos sobre las rodillas y las manos pegadas al rostro, reflexionaba. En Dieppe alquiló un automóvil. En el umbral de Ambrumésy encontró al juez de instrucción, que le confirmó la horrible noticia.

—¿Y usted no sabe nada más? —preguntó Beautrelet.

—Nada. Yo acabo de llegar.

En ese mismo momento, el brigadier de la gendarmería se aproximó al señor Filleul y le entregó un pedazo de papel, todo arrugado, desgarrado, amarillento, que acababa de recoger no lejos del lugar donde había sido descubierta la manteleta. El señor Filleul lo examinó y luego se lo tendió a Isidore Beautrelet, diciéndole:

—He aquí algo que nos ayudará muy poco en nuestras investigaciones.

Isidore revolvió repetidamente entre sus manos el pedazo de papel. Cubierto de cifras, de puntos y de signos, contenía exactamente el diseño que presentamos aquí:

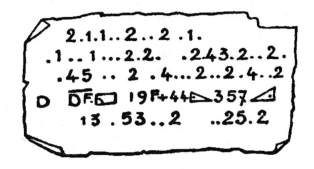

3

El cadáver

*H*acia las seis de la tarde, terminadas sus labores, el señor Filleul, en compañía de su secretario, señor Brédoux, esperaba el coche que debía llevarlos de regreso a Dieppe. Parecía agitado, nervioso. Por dos veces preguntó:

—¿No ha visto usted a Beautrelet?

—En verdad, no, señor juez.

—¿Dónde diablos puede encontrarse? No ha sido visto en todo el día.

De pronto tuvo una idea, entregó su cartera de documentos a Brédoux, dio la vuelta corriendo en torno al castillo y se dirigió hacia las ruinas.

Cerca de la cascada grande, echado boca abajo sobre el suelo tapizado de largas agujas de pino, con uno de los brazos doblado debajo de la cabeza, Isidore parecía adormecido.

—¿Qué se ha hecho de usted, joven? ¿Dormía usted?

—No duermo. Reflexiono.

—Se trata, en efecto, de reflexionar. Primero hay que ver. Es preciso estudiar los hechos, buscar los indicios.

—Sí, ya lo sé… Es el método usual… el bueno, sin duda. Pero yo tengo otro… yo reflexiono ante todo y trato antes que nada de encontrar la idea general del asunto, si se me permite expresarme así. Luego me imagino una hipótesis razonable, lógica, de acuerdo con esa idea general. Y es solamente después cuando examino si los hechos pueden adaptarse a mi hipótesis.

—Es un método extraño y muy complicado.

—Un método seguro, señor Filleul, en tanto que el de usted no lo es.

—No diga; los hechos son los hechos.

—Con unos adversarios cualesquiera, sí. Pero a poco que el enemigo tenga algo de astucia, los hechos son aquellos que él ha escogido. Esos famosos indicios a base de los cuales usted edifica su investigación, él estuvo en libertad de disponerlos a su capricho. Y usted ve entonces, cuando se trata de un hombre como Lupin, adónde eso puede conducirlo, a qué errores. El propio Herlock Sholmès cayó en la trampa.

—Arsène Lupin ha muerto.

—Sea. Pero su banda continúa y los alumnos de tal maestro son ellos también maestros.

El señor Filleul tomó a Isidore del brazo y llevándolo consigo dijo:

—Palabras, joven, palabras. He aquí lo que es más importante. Escuche bien. Ganimard, que ha tenido que permanecer en París en estos momentos, no vendrá hasta dentro de unos días. Por otra parte, el conde de Gesvres ha telegrafiado a Herlock Sholmès, el cual le ha prometido su ayuda para la próxima semana. Joven, ¿no cree usted que habría algo de glorioso en decirles a esas dos celebridades el día de su llegada: «Lo lamentamos mucho, queridos señores, pero no pudimos continuar esperando. La tarea se ha acabado»?

Era imposible confesar la propia impotencia con mayor ingenio de lo que lo hacía el bueno del señor Filleul. Beautrelet contuvo una sonrisa y afectando que se dejaba engañar respondió:

—Le confesaré a usted, señor juez de instrucción, que si yo no asistí hace poco a su investigación, fue con la esperanza de que usted tendría a bien comunicarme los resultados. Veamos, ¿qué sabe usted?

—Pues bien: helo aquí. Ayer noche, a las once, los tres gendarmes que el brigadier Quevillon había dejado de centinelas en el castillo recibieron de dicho brigadier un recado llamándolos a toda prisa a Ouville, donde se encuentra su brigada. Y cuando llegaron…

—Comprobaron que habían sido burlados, que la orden era falsa y que lo único que les quedaba era regresar a Ambrumésy.

—Es lo que hicieron, bajo el mando del brigadier. Pero su ausencia había durado hora y media, y durante ese tiempo fue cometido el crimen.

—¿En qué condiciones?

—En las condiciones más sencillas. Una escala tomada de los edificios de la granja fue adosada contra el segundo piso del castillo. Cortaron un cristal y abrieron una ventana. Dos hombres provistos de una linterna penetraron en la habitación de la señorita De Gesvres y la amordazaron antes de que tuviera tiempo de pedir socorro. Luego, una vez que la ataron con cuerdas, abrieron despacio la puerta de la habitación donde dormía la señorita De Saint-Véran. La señorita De Gesvres oyó un gemido ahogado y luego el ruido de una persona que se debate. Un minuto más tarde percibió que los dos hombres transportaban a su prima igualmente atada y amordazada. Pasaron ante ella y se fueron por la ventana. Agotada y aterrorizada, la señorita De Gesvres se desvaneció.

—Pero ¿y los perros? ¿El señor De Gesvres no había comprado dos molosos?

—Fueron encontrados muertos, envenenados.

—Pero ¿por quién? Nadie podía acercárseles.

—Misterio. El caso es que los dos hombres atravesaron sin tropiezos las ruinas y salieron por la famosa puerta pequeña. Cruzaron el soto, contorneando las antiguas canteras... Y solo se detuvieron a quinientos metros del castillo, al pie del árbol llamado la Encina Grande... y allí pusieron su proyecto en ejecución.

—Sí habían venido con la intención de matar a la señorita De Saint-Véran, ¿por qué no la mataron ya en su habitación?

—No lo sé. Quizá el incidente que los decidió a ello no se produjo sino a su salida del castillo. Quizá la joven había conseguido desprenderse de sus ataduras. Así, para mí, la manteleta recogida había servido para amarrarle las manos. En todo caso, fue al pie de la Encina Grande donde descargaron su golpe. Las pruebas que yo he recogido son irrefutables...

—Pero ¿y el cadáver?

—El cadáver no ha sido encontrado, lo que, por lo demás, no debería sorprendernos en todo caso. La pista seguida me ha llevado, en efecto, hasta la iglesia de Varengeville, en el antiguo cementerio suspendido en la cumbre del acantilado. Allí está el precipicio... un abismo de más de cien metros. Y abajo las rocas, el mar. En un día o dos, una marea más fuerte se llevará el cadáver.

—Todo eso resulta muy sencillo.

—Sí, todo eso es muy sencillo y no me turba. Lupin está muerto. Y sus cómplices lo han sabido, y para vengarse, conforme lo habían escrito, han asesinado a la señorita De Saint-Véran. Esos son hechos que no necesitan siquiera comprobación. Pero ¿y Lupin?

—¿Lupin?

—Sí. ¿Qué se ha hecho de él? Muy probablemente sus cómplices rescataron el cadáver al propio tiempo que secuestraron a la joven.

Pero ¿qué prueba tenemos nosotros de ese rescate? Ninguna. Ni más ni menos que de su estancia en las ruinas. Ni más ni menos que de que viva o esté muerto. Y en eso consiste todo el misterio, mi querido Beautrelet. El asesinato de la señorita Raymonde no es un desenlace. Por el contrario, es una nueva complicación. ¿Qué es lo que ha ocurrido, desde hace dos meses en el castillo de Ambrumésy? Si no logramos descifrar este enigma, vendrán otros que nos harán salir los colores en la cara.

—¿Qué día van a venir esos otros?

—El miércoles… quizá el martes…

Beautrelet pareció hacer un cálculo, y luego manifestó:

—Señor juez de instrucción, hoy estamos a sábado. Yo tengo que volver al instituto el lunes por la noche. Pues bien: el lunes por la mañana, si usted quiere estar aquí a las diez, yo trataré de revelarle la clave del enigma.

—¿Verdaderamente, señor Beautrelet… lo cree usted así? ¿Está usted seguro?

—Cuando menos, así lo espero.

—Y ahora, ¿adónde va usted?

—Voy a ver si los hechos quieren acomodarse a la idea general que yo comienzo a discernir.

—¿Y si no se acomodan?

—Pues bien, señor juez: serán ellos los que estén equivocados —dijo Beautrelet riendo—, y entonces buscaré otros que sean más dóciles. Hasta el lunes, ¿no es eso?

—Hasta el lunes.

Unos minutos más tarde, el señor Filleul caminaba hacia Dieppe, mientras Isidore, provisto de una bicicleta que le había prestado el conde De Gesvres, andaba por la carretera de Yerville y de Caudebec-en-Caux.

Había un punto respecto al cual el joven quería formarse ante todo una opinión clara, por cuanto ese punto le parecía justamente el punto débil del enemigo. No se escamotean unos objetos de las dimensiones de los cuatro Rubens. Era preciso, pues, que estuvieran en alguna parte. Si por el momento resultaba imposible encontrarlos, ¿acaso no sería posible descubrir el camino por el cual habían desaparecido?

La hipótesis de Beautrelet era esta: el automóvil se había llevado efectivamente los cuatro cuadros, pero antes de llegar a Caudebec los había descargado transbordándolos a otro automóvil que había atravesado el Sena más hacia arriba o más hacia abajo de Caudebec. Más hacia abajo, la primera barca que había era la de Quillebeuf, paso muy frecuentado y por tanto peligroso. Más hacia arriba estaba la barca de Mailleraie, importante burgo aislado y carente de toda comunicación.

Hacia la medianoche, Isidore había recorrido los ochenta y seis kilómetros que lo separaban de Mailleraie y llamaba a la puerta de una posada situada a la orilla del río. Durmió allí y por la mañana interrogó a los tripulantes de la barca. Estos consultaron el libro de a bordo, en el que registraban los pasajeros. No había pasado ningún automóvil el jueves 23 de abril.

—¿Y un coche de caballos? —insinuó Beautrelet—. ¿Una carreta? ¿Un furgón?

—Tampoco.

Toda la mañana estuvo Isidore haciéndose preguntas. Ya iba a marcharse a Quillebeuf, cuando el mozo de la posada donde había dormido le dijo:

—Esa mañana llegué temprano y vi efectivamente una carreta, pero no pasó el río.

—¿Cómo?

—No. La descargaron sobre una especie de barca plana, una chalana, como le dicen, que estaba amarrada al muelle.

—Y esa carreta ¿de dónde venía?

—¡Oh! Yo la reconocí perfectamente. Era la del señor Vatinel, el carretero.

—¿Y dónde vive?

—En el caserío de Louvetot.

Beautrelet estudió su plano de estado mayor. El caserío

se hallaba situado en el cruce de la carretera de Yvetot a Caudebec con otra pequeña carretera tortuosa que llegaba a través de los bosques hasta Mailleraie.

No fue sino a las seis de la tarde cuando Isidore logró descubrir en una taberna al carretero Vatinel, uno de esos viejos normandos, ladinos, que se mantienen siempre en guardia, que desconfían de los extraños, pero que, en cambio, no saben resistirse a la atracción de una moneda de oro y a la influencia de unas copas de licor.

—Sí, señor, esa mañana los individuos del automóvil me habían dado cita a las cinco en la encrucijada. Me entregaron cuatro grandes aparatos así de altos. Hubo uno de ellos que me acompañó. Y llevamos esas cosas hasta la chalana.

—Usted habla de ellos como si los conociera de antes.

—Ya lo creo que los conocía. Era la sexta vez que yo trabajaba para ellos.

Isidore se estremeció.

—¿Dice usted que era la sexta vez?… ¿Y desde cuándo?

—¡Pues desde todos los días antes de eso, pardiez! Pero entonces eran otros aparatos… grandes bloques de piedra… o bien más pequeños y bastante largos, que ellos habían envuelto y que transportaban con un cuidado como si fueran cosas sagradas. ¡Ah! No había que tocar aquellas cosas… Pero ¿qué le pasa a usted? Está usted muy pálido.

—No es nada… es el calor…

Beautrelet salió titubeante. La alegría y lo imprevisto del descubrimiento lo habían aturdido.

Se volvió tranquilamente por su camino y durmió esa noche en la aldea de Varengeville. Al día siguiente por la mañana, pasó una hora en la alcaldía con el maestro del lugar y luego regresó al castillo. Allí encontró una carta esperándole, recomendada «a los buenos cuidados del señor conde De Gesvres».

La carta contenía estas líneas:

Segunda advertencia. Cállate. Si no…

«Vamos —se dijo—. Va a ser preciso adoptar algunas precauciones para mi seguridad personal. Si no, como ellos dicen…»

Eran las nueve. Se paseó entre las ruinas y luego se tendió cerca de la arcada y cerró los ojos.

—Muy bien, joven. ¿Está usted satisfecho de su campaña?

Era el señor Filleul, que llegaba a la hora fijada.

—Encantado, señor juez.

—¿Lo cual quiere decir…?

—Lo cual quiere decir que estoy dispuesto a cumplir mi promesa, a pesar de esta carta, que no me entusiasma nada.

Le mostró la carta al señor Filleul.

—¡Bah! ¡Tonterías! —exclamó el juez—. Espero que esto no le impida a usted…

—¿El decirle lo que yo sé? No, señor juez. Yo hice una promesa y la cumpliré. Antes de diez minutos sabremos… una parte de la verdad.

—¿Una parte?

—Sí, porque conforme a lo que yo pienso, el escondrijo de Lupin no constituye todo el problema. Y después ya veremos.

—Señor Beautrelet, nada me sorprende por parte de usted. Pero ¿cómo ha podido descubrir usted…?

—¡Oh! En forma muy natural. En la carta del señor Harlington al señor Étienne de Vaudreix, o más bien a Lupin, hay…

—¿La carta interceptada?

—Sí. Hay una frase que siempre me ha intrigado. Es esta: «Al enviar los cuadros unirá usted a ello el resto, si logra conseguirlo, cosa que yo dudo mucho».

—En efecto, recuerdo eso.

—¿Qué era ese resto? ¿Un objeto de arte, una curiosidad? El castillo no ofrecía nada de valor, salvo los Rubens y los tapices. Entonces, ¿qué era? Y, por otra parte, ¿podía admitirse que una persona como Lupin, de una habilidad tan prodigiosa, no hubiera podido lograr unir al envío «ese resto» que le habían, evidentemente, propuesto?

Empresa difícil, es probable, excepcional, sea; pero posible, y, por tanto, segura, puesto que Lupin lo quería así.

—No obstante, ha fracasado: nada desapareció.

—Sí, los Rubens... pero...

—Los Rubens y otra cosa... alguna cosa que han sustituido por otra idéntica, igual que hicieron con los Rubens; alguna cosa más extraordinaria, más rara y más valiosa que los propios Rubens.

—Pero, en fin, ¿qué? Me intriga usted.

Caminando entre las ruinas, los dos hombres se habían dirigido hacia la puerta pequeña y bordeaban la Capilla Divina.

Beautrelet se detuvo y dijo:

—¿Quiere usted saberlo, señor juez?

—¿Que si lo quiero?

Beautrelet tenía un bastón en la mano; un bastón grueso y nudoso.

Bruscamente, con el bastón, hizo saltar en pedazos una de las estatuillas que ornaban el portal de la capilla.

—Pero ¿está usted loco? —exclamó Filleul fuera de sí, precipitándose hacia los pedazos de la estatuilla—. Usted está loco. Este antiguo santo era admirable...

—¡Admirable! —replicó Isidore, haciendo un molinete que echó abajo la estatuilla de una virgen.

El señor Filleul se arrojó sobre el joven y lo sujetó en un cuerpo a cuerpo.

—Joven, yo no le dejaré a usted cometer...

Todavía tiró también un rey mago, y después el pesebre de Navidad...

—Si hace usted un movimiento más, disparo.

Era el conde de Gesvres, que se había presentado armado de su revólver.

Beautrelet rompió a reír...

—Dispare usted, señor conde... dispare como en un tiro al blanco en la feria... Mire... esta figura que lleva su cabeza en las manos...

Un San Juan Bautista saltó a su vez en pedazos.

—¡Ah! —exclamó el conde, esgrimiendo su revólver—. ¡Qué profanación! Unas obras maestras como estas...

—Unas joyas falsas, señor conde.

—¿Cómo? ¿Qué dice usted? —gritó el señor Filleul al propio tiempo que desarmaba al conde.

—Unas joyas falsas... puro cartón piedra.

—¡Ah! ¿Cómo es posible?...

—Cosas infladas, vacías, nada.

El conde se agachó y recogió uno de los pedazos de una estatuilla.

—Mire usted bien, señor conde... yeso... yeso patinado, enmohecido, enverdecido como si fuera piedra antigua... pero solo yeso, moldes de yeso... eso es todo lo que queda de esas puras obras maestras... Ahí está lo que hicieron en pocos días... ahí está lo que el señor Charpenais, el copista de Rubens, preparó hace un año.

El joven agarró del brazo al señor Filleul y le dijo:

—¿Qué opina usted, señor juez? ¿Es hermoso? ¿Es enorme? ¿Gigantesco? ¡La capilla robada! ¡Toda una capilla gótica robada piedra por piedra! ¡Todo un pueblo de estatuillas desvalijado y sustituido por figurillas de estuco! ¡Uno de los más magníficos ejemplares de una época de arte incomparable, confiscado! ¡En suma, la Capilla Divina robada! ¿Acaso no se trata de algo formidable? ¡Ah, señor juez de instrucción, qué genial es este hombre!

—Se exalta usted, señor Beautrelet.

—Uno no se exalta nunca demasiado cuando se trata de

semejantes individuos. Todo lo que sobrepasa lo mediano merece ser admirado. Y eso destaca por encima de todo. En este robo hay una riqueza de concepción, una fuerza, una potencia, una habilidad que me dan escalofríos.

—Es una pena que se haya muerto —dijo con sorna el señor Filleul—. De no haber ocurrido así, hubiera acabado robando las torres de Notre-Dame de París.

Isidore se encogió de hombros, y replicó:

—No se ría usted, señor. Incluso muerto, esto desconcierta.

—Yo no digo que no… señor Beautrelet, y confieso que no es sin cierta emoción que me dispongo a contemplarlo… en el caso de que sus camaradas no hayan hecho desaparecer el cadáver.

—Y admitiendo, sobre todo —observó el conde De Gesvres—, que fue efectivamente a él a quien hirió mi pobre sobrina.

—Fue efectivamente a él, señor conde —afirmó Beautrelet—. Fue él, sin duda alguna, quien cayó en las ruinas víctima del proyectil disparado por la señorita De Saint-Véran; fue él al que vieron levantarse de nuevo y que cayó una vez, y que se arrastró hacia la arcada grande para levantarse una última vez… y eso por un milagro sobre el cual les daré a ustedes la explicación dentro de un rato… y conseguir llegar a ese refugio de piedra que habría de ser su tumba.

Y con su bastón, el joven golpeó el suelo de la capilla.

—¿Cómo? ¿Qué? —exclamó el señor Filleul, estupefacto—. ¿Su tumba?… ¿Cree usted que este escondrijo impenetrable…?

—Sí, se encuentra aquí… allí… —repitió el joven.

—Pero si nosotros lo registramos…

—Lo registraron mal.

—Aquí no hay escondrijo —protestó el señor De Gesvres—. Yo conozco la capilla.

—Sí, señor conde, hay uno. Vaya usted a la alcaldía de Varengeville, donde tienen guardados todos los documentos que se encontraban en la antigua parroquia de Ambrumésy, y se enterará usted, por esos documentos, fechados en el siglo dieciocho, que bajo la capilla existía una cripta. Esa cripta se remonta, sin duda, a los tiempos de la capilla romana, sobre cuyo sitio fue construida esta.

—Pero ¿cómo podía saber Lupin ese detalle? —preguntó el señor Filleul.

—De una manera muy simple: por los trabajos que tuvo que ejecutar para robar la capilla.

—Veamos, veamos, señor Beautrelet, usted exagera... Él no ha robado toda la capilla. Mire, ninguna de esas piedras de asiento ha sido tocada.

—Evidentemente, él no ha imitado ni se ha llevado más que lo que tenía un valor artístico: las piedras talladas, las esculturas, las estatuillas, todo el tesoro de pequeñas columnas y de ojivas cinceladas. No se preocupó de la propia base del edificio. Los cimientos quedaron.

—Por consiguiente, señor Beautrelet, Lupin no ha podido penetrar hasta la cripta.

En ese momento, el señor De Gesvres, que había llamado a uno de sus criados, regresaba con la llave de la capilla. Abrió la puerta y los tres hombres entraron.

Después de unos momentos de examen, Beautrelet prosiguió:

—Las losas del suelo, como es lógico, fueron respetadas. Pero es fácil darse cuenta de que el altar mayor no es más que una imitación. Y, generalmente, la escalera que baja a las criptas se abre delante del altar mayor y pasa por debajo de él.

—¿Esa es su conclusión?

—Mi conclusión es que trabajando allí, Lupin ha encontrado la cripta.

Con ayuda de un pico que el conde mandó a buscar,

Beautrelet comenzó a trabajar en el altar. Los pedazos de yeso saltaban a derecha e izquierda.

—¡Caray! —murmuró el señor Filleul—. Tengo ansias de saber…

—Y yo también —dijo Beautrelet, cuyo rostro estaba pálido de angustia.

Golpeó con más rapidez, y de pronto, su pico, que hasta entonces no había encontrado resistencia alguna, chocó con una materia más dura y rebotó. Se escuchó un ruido de derrumbamiento y lo que quedaba del altar se hundió en el vacío a consecuencia del desprendimiento del bloque de piedra que el pico había golpeado. Beautrelet se asomó al agujero. Encendió una cerilla y la paseó por el vacío. Luego dijo:

—La escalera comienza más adelante de lo que yo creía, casi bajo las losas de la entrada. Veo desde aquí los últimos peldaños.

—¿Y es profunda?

—Tres o cuatro metros… Los peldaños son muy altos… y faltan algunos.

—No es verosímil —dijo el señor Filleul— que durante la corta ausencia de los tres gendarmes, cuando estaban secuestrando a la señorita De Saint-Véran, los cómplices hayan tenido tiempo de extraer el cadáver de esta cueva… Y, además, ¿para qué habían de hacerlo? No; para mí, él está aquí.

Un criado les trajo una escala, que Beautrelet introdujo dentro de la excavación y que colocó a tientas entre los escombros caídos. Luego sujetó fuertemente los dos extremos.

—¿Quiere usted bajar, señor Filleul?

El juez de instrucción, provisto de una vela, se aventuró a bajar. El conde De Gesvres lo siguió. A su vez Beautrelet puso el pie sobre el primer peldaño. Había dieciocho, que él contó maquinalmente mientras sus ojos examinaban la cripta a la luz de la vela, cuya llama luchaba contra las espesas tinieblas. Pero abajo, un fuerte hedor, un hedor inmundo, lo detuvo. Era uno de esos hedores de podredumbre cuyo recuerdo más tarde nos obsesiona. ¡Oh! ¡Aquel olor! Su corazón parecía ir a sufrir un vuelco...

Y de pronto una mano temblorosa lo agarró por el hombro.

—Bien. ¿Qué ocurre?

—Beautrelet... —balbució el señor Filleul.

No podía hablar, acongojado por el espanto.

—Vamos, señor juez de instrucción, sobrepóngase usted...

—Beautrelet... él está ahí...

—¿Cómo?

—Sí... había algo bajo la piedra grande que se desprendió del altar... Yo empujé la piedra... ¡Oh!, no lo olvidaré jamás...

—¿Dónde está?

—De ese lado... ¿Siente usted ese olor?... Y además... mire...

Había tomado la vela y proyectó su luz sobre una forma tendida en el suelo.

—¡Oh! —exclamó Beautrelet con horror.

Los tres hombres se inclinaron ávidamente. Medio desnudo, el cadáver estaba tendido, presentando un aspecto flaco y aterrador. La carne, verdusca, con tonos de cera blanda, aparecía a trechos entre los vestidos desgarrados. Pero lo más horroroso, lo que le había arrancado al joven un grito de terror, era la cabeza... la cabeza, que acababa de aplastar el bloque de piedra... la cabeza informe, masa repugnante en la que ya nada podía distinguirse... Y cuando los ojos de los tres hombres se fueron acostumbrando a la oscuridad vieron que toda aquella carne se hallaba llena de gusanos...

En cuatro zancadas, Beautrelet volvió a subir por la escala y huyó al exterior, al aire libre. El señor Filleul lo encontró de nuevo acostado en la tierra, boca abajo y con las manos pegadas al rostro. Le dijo:

—Mis felicitaciones, Beautrelet. Además del descubrimiento del escondrijo, hay otros dos puntos en los que pude comprobar la exactitud de sus afirmaciones. En primer lugar, el hombre contra el cual disparó la señorita De Saint-Véran era realmente Arsène Lupin, conforme usted dijo desde un principio. E igualmente era bajo el nombre de Étienne de Vaudreix, que vivía en París. La ropa del cadáver está marcada con las iniciales E. V. Me parece, ¿no es así?, que la prueba es suficiente...

Isidore no se movía.

—El señor conde ha ido a buscar al doctor Jouet, que hará las comprobaciones de costumbre. Para mí, la muerte ocurrió hace ocho días, cuando menos. El estado de descomposición del cadáver... Pero usted no parece estarme escuchando.

—Sí, sí.

—Lo que yo digo está apoyado por razones perentorias. Así, por ejemplo...

El señor Filleul continuó su demostración, sin obtener, por lo demás, señales manifiestas de atención. Pero el regreso del señor De Gesvres interrumpió su monólogo.

El conde traía dos cartas. Una anunciaba la llegada de Herlock Sholmès para el día siguiente.

—Maravilloso —exclamó el señor Filleul, muy alegre—. El inspector Ganimard llegará igualmente mañana. Será delicioso.

—Y esta otra carta es para usted, señor juez de instrucción —dijo el conde.

—La cosa va de mejor en mejor —manifestó el señor Filleul después de haber leído la misiva—. Esos señores, decididamente, ya no van a tener gran cosa que hacer... Beautrelet, me avisan de Dieppe que unos pescadores han encontrado esta mañana sobre las rocas el cadáver de una mujer joven.

Beautrelet experimentó un sobresalto y exclamó:

—¿Qué dice usted? El cadáver…

—De una mujer joven… Un cadáver horriblemente mutilado, dicen en detalle, y cuya identidad sería imposible establecer, como no sea porque en el brazo derecho ostenta una pequeña pulsera de oro, muy delgada, que se ha incrustado en la piel tumefacta. Y la señorita Saint-Véran llevaba en el brazo derecho una pulsera de oro. Se trata, por consiguiente, de su desgraciada sobrina, señor conde, que el mar habrá arrastrado hasta allí. ¿Qué cree usted, Beautrelet?

—Nada, nada… o, más bien, sí… Todo se eslabona, como usted ve, y no falta nada a su argumentación. Todos los hechos, uno a uno, hasta los más contradictorios, hasta los más desconcertantes, vienen a apoyar la hipótesis que yo imaginé desde el primer momento.

—No comprendo muy bien…

—No tardará usted en comprender. Recuerde que yo le he prometido la verdad completa.

—Pero a mí me parece…

—Un poco de paciencia. Hasta aquí, usted no ha tenido motivos de queja contra mí. Hace buen tiempo. Pasee, almuerce en el castillo, fume su pipa. Yo estaré de regreso hacia las cuatro o las cinco de la tarde. En lo que respecta al instituto… tanto peor, tomaré el tren de medianoche.

Habían llegado a los límites comunales detrás del castillo. Beautrelet saltó sobre su bicicleta y se alejó.

En Dieppe se detuvo en las oficinas del periódico *La Vigie*, donde pidió que le enseñaran los números de la última quincena. Luego salió hacia el burgo de Envermeu, situado a dos kilómetros. En Envermeu habló con el alcalde, el cura y el guarda de campo. Sonaron las tres en el reloj de la iglesia del burgo. Su investigación había terminado.

Regresó cantando de alegría. Sus piernas pedaleaban con un ritmo igual y vigoroso, apoyándose alternativamente sobre los dos pedales, y su pecho se abría en toda su capacidad al aire vivo que soplaba del mar. Y, a veces, el joven se distraía lanzando al cielo clamores de triunfo, pensando en el objetivo que perseguía y en sus afortunados esfuerzos.

Ambrumésy apareció a la vista. Se dejó llevar a toda velocidad por la pendiente que conduce al castillo. Los árboles que bordean el camino en cuádruple alineación secular parecían correr a su encuentro y desvanecerse luego inmediatamente detrás de él. Y de pronto lanzó un grito. En una visión súbita vio tendida una cuerda de un árbol a otro a lo ancho de la carretera.

Al chocar contra la cuerda, la bicicleta se detuvo de repente y el joven fue lanzado hacia delante con inusitada violencia. Sintió la impresión de que solo una casualidad afortunada pudo impedir que fuese a caer contra un montón de piedras, donde lógicamente se hubiera roto la cabeza.

Permaneció aturdido durante unos segundos. Luego, lleno de contusiones y con las rodillas desolladas, examinó aquel lugar. A la derecha se extendía un pequeño bosque, por donde, sin duda alguna, había huido el agresor. Beautrelet soltó la cuerda. En el árbol de la derecha en torno al cual la cuerda estaba atada había un pequeño papel sujeto con un cordel. Lo desplegó y leyó:

Tercero y último aviso.

Llegado al castillo, hizo algunas preguntas a los criados y luego fue a reunirse con el juez en una estancia de la planta baja, en el último extremo del ala derecha, donde el señor Filleul tenía costumbre de permanecer en el curso de sus investigaciones. El señor Filleul estaba escribiendo, con su secretario sentado frente a él. A una señal, el secretario salió de la habitación, y el juez exclamó:

—Pero ¿qué le pasa a usted, señor Beautrelet? Tiene usted las manos sangrando.

—No es nada, no es nada —respondió el joven—. Una sencilla caída provocada por esta cuerda que tendieron delante de mi bicicleta. Únicamente le agradecería que observe que tal cuerda proviene del castillo. No hace más de veinte minutos que aún estaba sirviendo para secar la colada cerca del lavadero.

—¿Es posible?

—Señor, es aquí mismo donde se me vigila por alguien que se encuentra en el propio corazón de este lugar, que me ve, que me oye y que, minuto a minuto, asiste a mis actos y conoce mis intenciones.

—¿Cree usted?

—Estoy seguro. A usted le corresponde descubrirlo, y no le costará mucho trabajo. En cuanto a mí, quiero terminar esto y darle las explicaciones prometidas. He procedido con mayor rapidez de lo que nuestros adversarios podían suponer, y estoy persuadido de que, por su parte, van a proceder en forma vigorosa. El círculo va cerrándose en torno a mí. El peligro se aproxima, lo presiento.

—Veamos, veamos, Beautrelet…

—Bueno, ya veremos lo que pasa. De momento, procedamos rápidamente. Y, ante todo, una pregunta sobre un punto que quiero dejar de lado enseguida. ¿No le ha hablado usted a nadie de ese documento que el brigadier recogió y que le entregó a usted en mi presencia?

—Mi palabra que no… a nadie. Pero ¿acaso le concede usted algún valor?

—Un gran valor. Es una idea que tengo, una idea que, por lo demás, lo confieso, no descansa sobre ninguna prueba… puesto que hasta aquí no he conseguido en absoluto descifrar ese documento. Así pues, le hablo a usted de él… para no volver a tocar más ese punto.

Beautrelet apoyó su mano sobre la del señor Filleul, y en voz baja le dijo:

—Cállese usted… nos están escuchando… desde fuera.

Se oyó ruido de pasos sobre la arena. Beautrelet corrió a la ventana y se asomó al exterior.

—Ya no hay nadie… pero la platabanda está pisoteada… Se obtendrán fácilmente las huellas.

Cerró la ventana y fue a sentarse de nuevo.

—Ya ve usted, el enemigo ni siquiera toma ya precauciones… ya no dispone de tiempo para ello… él también siente que la hora apremia… Apresurémonos, pues, y hablemos, puesto que precisamente ellos no quieren que yo hable.

Colocó sobre la mesa el documento y lo dejó desplegado. Luego dijo:

Ante todo una observación: sobre este papel, aparte los puntos, no hay más que cifras. Y en las tres primeras líneas y en la quinta, las únicas de las cuales vamos a ocuparnos, pues la cuarta parece de una naturaleza completamente diferente, no hay ninguna de esas cifras que sea más elevada que cinco. Tenemos, pues, muchas probabilidades de que cada una de esas cifras represente una de las cinco vocales en el orden alfabético. Escribamos el resultado.

Y en una hoja aparte escribió:

e . a … e .. e . e . a .

. a .. a … e . e . e .. oi . e .. e .

. ou .. e . o … e .. e . o .. e

ai . ui .. e .. eu . e

Luego prosiguió:

—Como usted ve, esto no aclara gran cosa. La clave es a la vez muy fácil, puesto que se han conformado con sustituir las vocales por cifras y las consonantes por puntos, y muy difícil, si no imposible, puesto que no pudieron darse mayor trabajo para complicar el problema.

—En efecto, es de hecho suficientemente oscuro.

—Tratemos de aclararlo. La segunda línea está dividida en dos partes, y la segunda parte está representada de tal manera que es muy probable que forme una palabra. Si ahora tratamos de reemplazar los puntos intermedios por consonantes, llegamos a la conclusión, después de un tanteo, que las únicas consonantes que pueden servir lógicamente de apoyo a las vocales no pueden también, lógicamente, producir más que una palabra: *demoiselles* (señoritas).

—Entonces, ¿se trataría de la señorita De Gesvres y de la señorita De Saint-Véran?

—Con toda certeza.

—¿Y usted no ve nada más que eso?

—Sí. Observo además una solución de continuidad en medio de la línea, y si realizo el mismo trabajo sobre el comienzo de la línea veo inmediatamente que entre los dos diptongos «ai» y «ui» la única consonante que puede reemplazar el punto es una «g» y que cuando he formado el comienzo de esa palabra aigui, es natural e indispensable que yo llegue con los puntos siguientes y la «e» final a la palabra *aiguille* (aguja).

—En efecto... Se impone esa palabra.

—En fin, para la última palabra tengo tres vocales y tres consonantes. Tanteo todavía, pruebo todas las letras unas después de otras, y, partiendo de ese principio de que las dos primeras letras son consonantes, compruebo que hay cuatro palabras que pueden adaptarse; esas palabras son: *fleuve, preuve, pleure* y *creuse* (río, prueba, llora y hueca). Elimino las tres primeras palabras como carentes de cualquier relación posible con la palabra «aguja» y me quedo con la palabra *creuse*.

—Lo que forma «aguja hueca». Admito que su solución puede ser exacta. Pero ¿qué adelantamos con ello?

—Nada —respondió Beautrelet con tono pensativo—. Nada por el momento... Más adelante ya veremos... Yo tengo la idea de que muchas cosas figuran comprendidas en la agrupación enigmática de esas dos palabras «aguja hueca». Lo que me preocupa es, sobre todo, el material del documento, el papel de que se han servido... ¿Se fabrica todavía esta clase de pergamino un poco granulado? Y además este color marfil... Y estos pliegues... la usura de estos cuatro pliegues... Y, en fin, vea usted estas marcas de lacre rojo por detrás...

En ese momento Beautrelet fue interrumpido. Era el secretario Brédoux, que abría la puerta y que anunciaba la llegada súbita del fiscal general.

El señor Filleul se levantó.

—¿El señor fiscal general está abajo?

—No, señor juez. El señor fiscal general no se ha apeado de su coche. Está de paso solamente y le ruega que haga el favor de ir a verlo junto a la puerta; solo quiere decirle unas palabras.

—¡Qué extraño! —murmuró el señor Filleul—. En fin, vamos a ver. Beautrelet, perdóneme, voy y vuelvo enseguida.

Salió. Se oyeron sus pasos que se alejaban. Entonces el secretario cerró la puerta, dio la vuelta a la llave y la metió en su bolsillo.

—Bueno... ¿qué...? —exclamó Beautrelet, completamente sorprendido—. ¿Qué hace usted?

—¿No estaremos mejor así para hablar? —respondió Brédoux.

Beautrelet saltó hacia otra puerta que daba a la habitación contigua. Había comprendido. El cómplice era Brédoux, el propio secretario del Juzgado de Instrucción.

Brédoux dijo con ironía:

—No se lastime usted los dedos, mi joven amigo, tengo también la llave de esa puerta.

—Queda todavía la ventana —exclamó Beautrelet.

—Ya es demasiado tarde —dijo Brédoux, que se situó delante de la ventana empuñando un revólver.

Estaban cortadas todas las retiradas. No había solución, como no fuera defenderse contra el enemigo que se desenmascaraba con una audacia tan brutal. Isidore, que experimentaba una sensación de angustia desconocida, se cruzó de brazos.

—Bien —murmuró el secretario—, ahora seamos breves.

Sacó su reloj.

—El bueno del señor Filleul va a caminar hasta la puerta. En la puerta no hay nadie, bien entendido. Allí está tanto el fiscal como aquí en mi mano. Entonces regresará. Eso nos concede unos cuatro minutos. Necesito uno para escaparme por esa ventana, escurrirme por la puerta pequeña de las ruinas y saltar sobre mi motocicleta, que me espera. Quedan, entonces, tres minutos. Eso es suficiente.

Era un sujeto extraño, contrahecho, que mantenía en equilibrio sobre sus piernas, muy largas y muy débiles, un torso enorme, redondo como el cuerpo de una araña y provisto de unos brazos inmensos. El rostro era huesudo y la frente pequeña y baja, indicadora de la obstinación un tanto limitada del personaje.

Beautrelet se tambaleaba sintiendo ablandársele las piernas. Tuvo que sentarse, y dijo:

—Hable. ¿Qué quiere usted?

—Ese documento. Hace tres días que lo ando buscando.

—No lo tengo.

—Mientes. Cuando entré te vi guardarlo de nuevo en tu cartera.

—¿Y después?

—¿Después? Te comprometerás a mantenerte muy prudente. Nos estás molestando. Déjanos tranquilos y ocúpate de tus asuntos. Ya se nos ha agotado la paciencia.

Se había adelantado empuñando siempre el revólver y apuntando hacia el joven, y hablaba sordamente, martilleando las sílabas con acento de increíble energía. Su mirada era dura y la sonrisa cruel. Beautrelet temblaba. Era la primera vez que experimentaba la sensación del peligro. ¡Y qué peligro! Se sentía frente a un enemigo implacable, de una fuerza ciega e irresistible.

—¿Y después? —dijo el joven con voz ahogada.

—¿Después? Nada… Serás libre…

Hubo un silencio y Brédoux continuó:

—No queda más que un minuto. Tienes que decidirte. Vamos, hombrecito, no hagas tonterías… Nosotros somos los más fuertes, siempre y en todas partes… Pronto, el papel…

Isidore no se movía, lívido, aterrado y, sin embargo, dueño de sí mismo y con el cerebro lúcido entre el desastre de sus nervios. A veinte centímetros de sus ojos se abría el pequeño agujero negro del cañón del revólver. El dedo replegado oprimía visiblemente el gatillo. Bastaba un pequeño esfuerzo más…

—El papel —repitió Brédoux—. Si no…

—Aquí está —dijo Beautrelet.

Sacó del bolsillo la cartera y se la tendió al secretario, que se apoderó de ella.

—Perfecto. Hemos sido razonables. Decididamente, se puede hacer algo de ti… eres un poco miedoso, pero tienes buen sentido. Le hablaré de ti a los camaradas. Y ahora me largo. Adiós.

Se guardó el revólver e hizo girar el pestillo de la ventana. En el pasillo se oyó ruido.

—Adiós —dijo de nuevo—. Ya es hora de irme.

Sin embargo, una idea le detuvo. Con un ademán comprobó el contenido de la cartera.

—¡Rayos y truenos!… —gritó el secretario—. El papel no está aquí… Me la has jugado.

Saltó dentro de la habitación. Sonaron dos disparos. Isidore a su vez había sacado su revólver y disparado.

—Fallaste, hombrecito —aulló Brédoux—. Tu mano tiembla… tienes miedo.

Se entregaron a una lucha cuerpo a cuerpo y rodaron sobre el suelo. En la puerta sonaron golpes redoblados.

Isidore perdió fuerzas inmediatamente, dominado por su adversario. Era el fin. Una mano se alzó por encima de él armada con un cuchillo y cayó. Un dolor violento le quemaba el hombro. Soltó su presa.

Tuvo la sensación de que hurgaban en el interior de su chaqueta y que le arrebataban el documento. Luego, a través del velo caído de sus párpados, adivinó más que vio al hombre cruzando la ventana…

Los mismos periódicos que al día siguiente por la mañana relataban los últimos episodios ocurridos en el castillo de Ambrumésy, con las falsificaciones descubiertas en la capilla, el descubrimiento del cadáver de Arsène Lupin y del cadáver de Raymonde, y finalmente, el atentado criminal contra Beautrelet a manos de Brédoux, secretario del juez de instrucción, anunciaban también las siguientes noticias:

La desaparición de Ganimard y el secuestro en pleno día, en el corazón de Londres, cuando iba a tomar el tren para Douvres, de Herlock Sholmès.

Así pues, la banda de Lupin, por unos momentos desorganizada merced al extraordinario ingenio de un muchacho, tomaba de nuevo la ofensiva y al primer golpe, por doquier y en todos los puntos, quedaba victoriosa. Los dos grandes adversarios de Lupin, Sholmès y Ganimard, quedaban suprimidos. Beautrelet fuera de combate. Ya no había nadie más capaz de luchar contra tales enemigos.

4

Frente a frente

*U*na noche, seis semanas después, yo le había dado a mi criado permiso para salir. Era la víspera del Catorce de Julio. Hacía un calor de tormenta y la idea de salir no me agradaba en absoluto. Con las ventanas de mi balcón abiertas, y mi lámpara de trabajo encendida, me instalé en una butaca y, no habiendo leído todavía los periódicos, me puse a hojearlos. Bien entendido, hablaban de Arsène Lupin. Después del intento de asesinato de que el pobre Isidore Beautrelet había sido víctima, no había transcurrido ni un solo día sin que dejara de tratarse del asunto de Ambrumésy. Los periódicos le dedicaban una sección cotidiana. Jamás la opinión pública se había excitado a tal punto por semejante serie de acontecimientos precipitados, de golpes teatrales inesperados. El señor Filleul, quien decididamente aceptaba, con su buena fe meritoria, su papel de subalterno, había confiado a sus entrevistadores las hazañas de su joven consejero durante los tres días memorables, de modo que cabía entregarse a las suposiciones más temerarias.

Y nadie se privaba de hacerlo así. Especialistas y técnicos del crimen, novelistas y dramaturgos, magistrados y exjefes de Seguridad, todos los jubilados y los Herlock Sholmès de afición, tenían cada cual su teoría y la presentaban en copiosos artículos. Cada cual tomaba por su cuenta el sumario y lo completaba a su manera. Y todo ello tomando como base la labor realizada por el joven alumno de Retórica, Isidore Beautrelet.

Pero, verdaderamente, era preciso decirlo, se estaba en posesión de los elementos completos de la verdad. El misterio, pues, ¿en qué consistía? Se conocía el escondrijo donde Arsène Lupin se había refugiado y donde había agonizado, y sobre esto no había duda alguna: el doctor Delattre, que siempre se atrincheraba detrás del secreto profesional y que se negó a hacer cualquier declaración, confesó, sin embargo, a sus íntimos —que enseguida se apresuraron a decírselo a otros— que había sido, efectivamente, a una cripta adonde había sido llevado para atender a un herido a quien sus cómplices le presentaron bajo el nombre de Arsène Lupin. Y como en esa misma cripta había sido hallado el cadáver de Étienne de Vaudreix, el cual no era otro que Arsène Lupin, conforme lo demostraba el sumario, la identificación de Arsène Lupin encontraba en esto un suplemento demostrativo.

Por consiguiente, muerto Arsène Lupin, reconocido el cadáver de la señorita De Saint-Véran gracias a la pequeña pulsera que llevaba, el drama había acabado.

Pero no, no había acabado. No había acabado para nadie, puesto que Beautrelet había dicho lo contrario. No se sabía en modo alguno en qué no había terminado, sino que, por el solo hecho de decirlo así el joven estudiante, el misterio continuaba íntegro. El testimonio de la realidad no prevalecía contra la afirmación de un Beautrelet. Había alguna cosa ignorada, y esa cosa no se dudaba que no pudiera explicarlo.

Por tanto, era extraordinaria la ansiedad con que se esperaban los boletines sobre el estado del herido que publicaban los médicos de Dieppe a los cuales el conde les confió el cuidado de aquel. ¡Qué desolación durante los primeros días cuando se creyó que su vida estaba en peligro!… ¡Y qué entusiasmo la mañana que los periódicos anunciaron que ya no había nada que temer!… Los más pequeños detalles apasionaban a la multitud. La gente se enternecía al saberlo cuidado por su anciano padre, a quien un telegrama había llamado urgentemente, y admiraba la dedicación de la señorita De Gesvres, que pasaba la noche a la cabecera del herido.

Después fue la convalecencia, rápida y alegre. En fin, ahora se iban a saber muchas cosas. Se sabría lo que Beautrelet le había prometido revelarle al señor Filleul y las palabras definitivas que el cuchillo del criminal le habían impedido pronunciar. Y se sabría también todo cuando, aparte del drama en sí, se mantenía impenetrable o inaccesible a los esfuerzos de la justicia.

Estando Beautrelet libre, curado de su herida, ya habría una certidumbre sobre el señor Harlington, el enigmático cómplice de Arsène Lupin, que continuaba detenido en la cárcel de la Santé. Y se sabría qué se había hecho después del crimen del secretario Brédoux, aquel otro cómplice cuya audacia había sido verdaderamente desconcertante.

Una vez libre Beautrelet, ya cabría formarse una idea precisa sobre la desaparición de Ganimard y el secuestro de Herlock Sholmès. ¿Cómo era posible que se hubieran podido producir dos atentados de esa naturaleza? Los detectives ingleses, así como sus colegas franceses, no poseían ningún indicio a ese respecto. El domingo de Pentecostés, Ganimard no había regresado a su casa, y el lunes tampoco, ni después en seis semanas.

En Londres, el lunes de Pentecostés, a las cuatro de la tarde, Herlock Sholmès tomaba un coche de alquiler para dirigirse a la estación. Apenas subió al vehículo, ya intentó bajar de él, habiendo advertido probablemente el peligro. Pero dos individuos se subieron al coche por la derecha y por la izquierda, derribaron al viajero sobre el asiento y le mantuvieron sujeto entre ellos, o mejor dicho debajo de ellos, dado lo exiguo del vehículo. Y esto ocurrió a la vista de diez testigos, que no tuvieron tiempo de interponerse para prestarle auxilio a la víctima. El coche huyó rápidamente. ¿Y después? Después, nada. Nada se sabía.

Y quizá por medio de Beautrelet se lograría la explicación completa del documento, de aquel papel misterioso al cual el secretario Brédoux atribuía importancia suficiente para decidirse a apoderarse de él a cuchilladas, intentando matar a quien lo poseía. «El problema de la aguja hueca» como le llamaban los innumerables Edipos que, inclinados sobre las cifras y los puntos, trataban de encontrarle un significado... ¡La aguja hueca! ¡Asociación desconcertante de dos palabras! ¿Se trataría de una expresión sin significado, un acertijo de un escolar que embadurna de tinta un trozo de papel? ¿O bien eran las dos palabras mágicas por medio de las cuales toda la gran aventura de Arsène Lupin adquiriría su verdadero sentido? Nada se sabía.

No obstante, iba a saberse. Desde hacía varios días, los periódicos anunciaban la llegada de Beautrelet. La lucha estaba próxima a comenzar. Y esta vez sería implacable por parte del joven, que ardía con el ansia de tomarse la revancha.

Y precisamente su nombre, impreso en grandes caracteres, atrajo mi atención. El *Grand Journal* publicaba a la cabeza de sus columnas la nota siguiente:

Hemos obtenido del señor Isidore Beautrelet la promesa de que nos reserve las primicias de sus revelaciones. Mañana miércoles, antes mismo de que la propia justicia sea informada, el *Grand Journal* publicará la verdad íntegra sobre el drama de Ambrumésy.

—Esto promete, ¿eh? ¿Qué piensa usted de todo ello, querido?

Salté en mi butaca… Había cerca de mí alguien a quien yo no conocía.

Me levanté y con la mirada busqué un arma. Pero como la actitud del desconocido parecía por completo inofensiva, me contuve y me acerqué a él.

Era un hombre joven, de rostro enérgico, con largos cabellos rubios y cuya barba, de tono un tanto leonado, estaba dividida en dos cortas puntas. Su traje recordaba el traje de un sacerdote inglés, y, por lo demás, su persona tenía algo de austero y de grave que inspiraba respeto.

—¿Quién es usted? —le pregunté.

Y como no me respondiera, repetí:

—¿Quién es usted? ¿Cómo ha entrado aquí? ¿Qué viene usted a hacer?

Me miró, y me dijo:

—¿No me reconoce usted?

—No… no.

—¡Ah! Es verdaderamente extraño… Busque bien… uno de sus amigos… un amigo de una clase muy especial…

Le agarré de un brazo vivamente, y respondí:

—Miente usted… usted no es el que dice… eso no es cierto…

—Entonces, ¿por qué piensa en ese más bien que en otro? —respondió, riendo.

¡Ah! Aquella risa juvenil y clara cuya alegre ironía me había divertido a menudo… Sentí un escalofrío. ¿Era posible?

—No, no —protesté yo con una especie de espanto—. No puede ser…

—Puede que no sea yo, porque yo estoy muerto… y usted no cree en aparecidos.

Y rio de nuevo.

—¿Es que, acaso, yo soy de esos que mueren? ¡Morir así por un proyectil disparado en la espalda, y por una joven!

Verdaderamente, eso es juzgarme mal. ¡Como si yo fuera a consentir semejante fin!

—Entonces es usted —balbucí yo, todavía incrédulo y completamente emocionado—. No soy capaz de creer lo que veo.

—Entonces me siento tranquilo —contestó alegremente—. Si el único hombre a quien me he mostrado bajo mi verdadero aspecto no es capaz de reconocerme hoy, toda persona que me vea de ahora en adelante tal como soy en este momento, no me reconocerá tampoco cuando me vea bajo mi aspecto real... si efectivamente yo tengo un aspecto real.

—Arsène Lupin —murmuré.

—Sí, Arsène Lupin —exclamó él—. El solo y único Arsène Lupin, que vuelve del reino de las sombras, puesto que, según parece, yo he agonizado y muerto en una cripta. Lupin vivo con toda su vida, actuando con toda su voluntad, feliz y libre, y resuelto más que nunca a gozar de esa feliz independencia en un mundo en el que hasta ahora no ha encontrado más que el favor y el privilegio.

A mi vez me eché a reír.

—Entonces, sed bienvenido, y más alegre que el día en que tuve el placer de veros el año pasado...

Yo aludía a su última visita, visita que siguió a la famosa aventura de la diadema, roto su matrimonio, su fuga con Sonia Krichnoff, y la muerte horrible de la joven rusa. Ese día yo había visto a un Arsène Lupin que ignoraba, débil, abatido, con los ojos cansados de llorar y en busca de un poco de simpatía y ternura...

—Cállese usted —dijo él—. El pasado ya está lejos.

—Eso ocurría hace un año —observé yo.

—Eso ocurrió hace diez años —firmó él—. Los años de Arsène Lupin valen diez veces más que los de los otros.

No insistí y cambié de conversación. Pregunté:

—¿Y cómo entró usted aquí?

—¡Santo Dios! Como todo el mundo, por la puerta. Luego, como no encontraba a nadie, crucé el salón y seguí por el balcón.

—Sea, pero ¿y la llave de la puerta?

—No hay puertas para mí, usted lo sabe. Yo necesitaba su apartamento y entré.

—Estoy a sus órdenes. ¿Deberé dejárselo?

—¡Oh, de ningún modo! Usted no me estorbará. Incluso puedo decirle que la velada será interesante.

—¿Espera a alguien?

—Sí, me he citado aquí.

Sacó su reloj, y dijo:

—Son las diez. Si el telegrama llegó, la persona que debe venir no tardará en aparecer…

El timbre sonó en el vestíbulo.

—¿Qué le dije? No, no se moleste… iré yo mismo.

¿Con quién diablos tendría cita él? ¿A qué escena dramática o cómica iba yo a asistir? Para que el propio Lupin la considerase digna de interés, era preciso que la situación fuese excepcional.

Al cabo de unos instantes regresó, se puso a un lado, dejando paso a un joven delgado, alto y de rostro muy pálido.

Sin pronunciar palabra, con una cierta solemnidad en sus ademanes que me turbaba, Lupin encendió todas las luces eléctricas. La habitación quedó inundada de claridad. Entonces, los dos hombres se miraron profundamente, como si con todo el esfuerzo de sus ojos ardientes trataran de penetrar cada uno en los pensamientos e intenciones del otro. Era un espectáculo impresionante el contemplarlos así, graves y silenciosos. Pero ¿quién podía ser aquel recién llegado?

En el mismo momento en que yo estaba a punto de adivinarlo, por la semejanza que ofrecía con una fotografía de él recientemente publicada, Lupin se volvió hacia mí y dijo:

—Mi querido amigo, le presento al joven Beautrelet.

E inmediatamente, dirigiéndose al joven, agregó:

—Debo agradecerle a usted, señor Beautrelet, ante todo, el haber tenido a bien, de acuerdo con una carta mía, el retrasar sus revelaciones hasta después de esta entrevista, y por haberme concedido este encuentro con tanta generosidad.

Beautrelet sonrió, y respondió:

—Le ruego observe que mi generosidad consiste sobre todo en obedecer sus órdenes. La amenaza que usted me hacía en la carta de referencia era tanto más perentoria cuanto que no estaba dirigida a mí, sino que apuntaba a mi padre.

—En verdad —contestó Lupin, sonriendo— se obra como se puede, y es preciso servirse de los medios de acción de que se dispone. Yo sabía por experiencia que su propia seguridad le era indiferente, puesto que ha resistido a los argumentos del señor Brédoux. Quedaba su padre... su padre a quien usted quiere entrañablemente... Entonces, tiré de esa cuerda...

—Pues aquí estoy —dijo aprobadoramente Beautrelet.

Les rogué que se sentaran. Así lo hicieron, y Lupin, con ese tono de ironía que le es muy propio, declaró:

—En todo caso, señor Beautrelet, si usted no acepta mi agradecimiento, no rechace, cuando menos, mis disculpas.

—¿Disculpas? ¿Y por qué, señor?

—Por la brutalidad de la cual el señor Brédoux dio muestras respecto a usted.

—Confieso que ese acto me sorprendió. No era la forma habitual de proceder de Lupin. Una cuchillada...

—Por tanto, yo no intervine en eso para nada. El señor Brédoux es nuevo en nuestras filas. Mis amigos, durante el tiempo que han tenido la dirección de nuestros asuntos, creyeron que podía sernos útil.

—Y sus amigos no estaban equivocados.

—En efecto, Brédoux, a quien habían puesto especialmente para seguirle, nos fue de un valor inapreciable. Pero, con ese ardor propio de todo novato que quiere distinguirse, llevó su celo demasiado lejos y actuó contrariamente a mis planes, permitiéndose, por iniciativa propia, herirle a usted.

—¡Oh!, esa es una pequeña desgracia…

—No, no, de ningún modo, y le reprendí severamente. Sin embargo, debo decir en su favor que él fue sorprendido por la rapidez inesperada de su investigación. Si nos hubiera dejado unas horas más, se hubiera librado de ese atentado imperdonable.

—Y, entonces, ¿hubiera tenido la gran ventaja de sufrir la misma suerte de los señores Ganimard y Sholmès?

—Exactamente —respondió Lupin, riendo con euforia—. Y yo no hubiera sufrido las crueles angustias que su herida me ha causado. Le juro que he pasado, por ello, horas atroces y, todavía hoy, vuestra palidez constituye para mí una tortura.

—La prueba de confianza que usted me da —respondió Beautrelet— al entregarse a mí… pues me hubiera sido fácil haber traído conmigo a algunos amigos de Ganimard… esa prueba de confianza lo borra todo.

¿Hablaba en serio? Confieso que yo me sentía muy desorientado. La lucha entre aquellos dos hombres comenzaba de una forma en la que yo no comprendía nada. Yo, que había asistido al primer encuentro de Lupin y Sholmès en el café de la estación Montparnasse, no podía impedirme el recordar el porte altivo de los dos combatientes, el espantoso choque de su respectivo orgullo bajo la delicadeza de sus maneras, los duros golpes que se intercambiaban, sus fintas, su arrogancia.

Aquí no había nada semejante. Lupin, por su parte, no había cambiado. La misma táctica y la misma afabilidad burlona. Pero ¡a qué extraño adversario tenía que enfrentarse! ¿Incluso era verdaderamente un adversario? En realidad, no tenía ni el tono ni la apariencia de tal. Muy tranquilo, pero con una tranquilidad real que no ocultaba ni disfrazaba el brío de un hombre que se contiene; muy correcto, pero sin exageración; sonriendo, pero sin ironía, presentaba, al compararle con Arsène Lupin, el más completo contraste; tan completo, que Lupin me parecía tan desorientado como yo.

No, seguramente Lupin no tenía la seguridad de que daba muestras de ordinario, frente a este adolescente frágil, con las mejillas sonrosadas como una muchacha y los ojos cándidos y atractivos. En varias ocasiones observé en él rasgos de genialidad. Dudaba, titubeaba, no atacaba abiertamente, perdía su tiempo en frases afectadas.

Se hubiera dicho que a él también le faltaba algo. Tenía el aire de andar a la búsqueda de algo, de esperar. ¿Qué? ¿Qué auxilio?

Llamaron de nuevo a la puerta. El propio Lupin acudió rápidamente a abrir.

Regresó con una carta.

—¿Me permiten ustedes, señores? —nos preguntó.

Abrió la carta. Contenía un telegrama que leyó.

Y entonces se produjo en él una transformación. Su rostro se iluminó, su cuerpo se irguió y vi hincharse las venas de su frente. Era el atleta que aparecía de nuevo, el dominador, seguro de sí mismo, dueño de los acontecimientos y dueño de las personas. Colocó el telegrama sobre la mesa, y, golpeándolo con el puño, gritó:

—Y ahora vamos a vérnoslas usted y yo.

Beautrelet se colocó en postura de escuchar, y Lupin comenzó con voz mesurada, pero seca y voluntariosa:

—Quitémonos las caretas, ¿no es así?, y acabemos con las insulseces hipócritas. Somos dos enemigos que sabemos perfectamente a qué atenernos el uno respecto al otro; y es como enemigos que actuamos el uno hacia el otro y, en consecuencia, como enemigos que vamos a tratar el uno con el otro.

—¿Tratar? —preguntó Beautrelet, sorprendido.

—Sí, tratar. Y no dije esa palabra al azar y la repito, cuésteme lo que me cueste. Y me cuesta mucho. Es la primera vez que la empleo frente a un adversario. Pero también, y se lo digo de inmediato, es la última. Aprovéchese. No saldré de aquí como no sea con una promesa de usted. Si no, es la guerra.

Beautrelet parecía cada vez más sorprendido. Dijo suavemente:

—Yo no me esperaba esto… me habla usted de una manera tan extraña… Es tan distinto de lo que yo creía… Sí, yo me lo imaginaba de otra manera… ¿Por qué su cólera? ¿Las amenazas? ¿Somos acaso enemigos porque las circunstancias nos oponen el uno al otro? ¿Enemigos… por qué?

Lupin pareció un tanto desconcertado, pero, inclinándose hacia el joven, le dijo:

—Escuche, joven, no se trata de escoger formas de expresión. Se trata de un hecho, de un hecho cierto, indiscutible. Este: desde hace diez años nunca me he tropezado con un adversario con su fuerza; con Ganimard, con Herlock Sholmès, yo he jugado como con unos niños. Con usted me veo obligado a defenderme; más aún: diría que a retroceder. Sí, a la hora actual, usted y yo sabemos muy bien que debo considerarme como el vencido. Isidore Beautrelet triunfa sobre Arsène Lupin. Mis planes han quedado desorganizados. Lo que yo traté de dejar en la sombra, usted lo ha sacado a plena luz. Usted me molesta, usted se me atraviesa en el camino. Pues bien: basta ya… Brédoux se lo ha dicho a usted inútilmente. Yo vuelvo a repetírselo insistiendo, para que usted lo tome en cuenta.

Beautrelet agachó la cabeza, y dijo:

—Pero, en fin, ¿qué quiere usted?

—La paz… cada cual en su casa, en sus dominios.

—Es decir, que usted quede libre para robar a su antojo, y yo libre para volver a mis estudios.

—A sus estudios o a lo que usted quiera… eso no me importa…

Pero usted me dejará en paz…

—¿En qué puedo yo turbar su paz?

Lupin le agarró una mano con violencia.

—Usted lo sabe muy bien, no finja lo contrario. Usted es actualmente poseedor de un secreto al cual yo atribuyo la mayor importancia. Ese secreto usted tenía el derecho de adivinarlo, pero no tiene ningún derecho a hacerlo público.

—¿Y está usted seguro de que yo conozco ese secreto?

—Usted lo sabe, estoy seguro de ello; día por día, hora por hora, yo he seguido la marcha de su pensamiento y los adelantos de su investigación. En el mismo instante en que Brédoux le atacó a usted, usted iba a revelarlo todo. Por cariño a su padre, ha retrasado sus revelaciones; sin embargo, se las ha prometido hoy a este periódico. El artículo ya está listo. Dentro de una hora será compuesto y mañana aparecerá publicado.

—Es exacto.

Lupin se levantó, y, cortando el aire con un ademán de su mano, gritó:

—¡El artículo no aparecerá!

—Sí aparecerá —replicó Beautrelet, levantándose repentinamente.

Los dos hombres estaban erguidos uno contra otro. Tuve la sensación de un choque, cual si se hubieran lanzado a una lucha cuerpo a cuerpo. Una súbita energía llameaba en Beautrelet. Se hubiera dicho que una chispa había prendido en él nuevos sentimientos de audacia, de amor propio, de voluntad de lucha, de embriaguez de peligro.

En cuanto a Lupin, yo percibía en el resplandor de su mirada su alegría de duelista que cruza su espada con la del rival a quien detesta.

—¿El artículo ya ha sido entregado? —preguntó Lupin.

—Todavía no.

—¿Lo tiene usted aquí… con usted?

—No sería tan tonto como todo eso. Ya no lo tendría entonces…

—¿Así pues?

—Lo tiene uno de los redactores guardado bajo doble sobre. Si a medianoche no he acudido yo al periódico, lo mandará componer.

—¡Ah!, el pícaro —murmuró Lupin—. Lo ha previsto todo.

Su cólera bullía, visible, aterradora.

Beautrelet sonrió burlón a su vez, embriagado por su triunfo.

—¡Cállate, chiquillo! —aulló Lupin—. ¿Acaso no sabes quién soy yo? Y que si yo quisiera… palabra de honor… ¡Se atreve a reír!

Un profundo silencio se interpuso entre ellos. Luego, Lupin se adelantó hacia el joven, y con voz sorda, clavando sus ojos en los de Beautrelet, le dijo:

—Vas a ir corriendo al *Grand Journal*…

—No.

—Vas a romper tu artículo.

—No.

—Le hablarás al redactor jefe.

—No.

—Le dirás que te has equivocado.

—No.

—Y escribirás otro artículo, o le darás del asunto la versión oficial, la que todo el mundo ha aceptado.

—No.

Lupin echó mano a una regla de hierro que se encontraba sobre mi escritorio y sin esfuerzo alguno la rompió en dos. Su palidez era aterradora. Se secó las gotas de sudor que perlaban su frente. A él, que jamás había conocido resistencia a su voluntad, la terquedad de aquel niño le enloquecía.

Puso sus manos vigorosamente sobre los hombros de Beautrelet, y le dijo:

—Tú harás todo eso, Beautrelet. Dirás que tus últimos descubrimientos te han convencido de mi muerte y que sobre esto no queda la menor duda. Lo dirás porque yo lo quiero así, porque es preciso que se crea que yo estoy muerto. Y lo dirás, sobre todo, porque si tú no lo dices…

—Porque si yo no lo digo, ¿qué?…

—Tu padre será secuestrado esta noche, como Ganimard y Herlock Sholmès lo han sido.

Beautrelet sonrió.

—No rías… responde.

—Respondo que me es muy desagradable el contradeciros, pero que he prometido hablar, y hablaré.

—Habla en el sentido que yo te indique.

—Hablaré en el sentido de la verdad —exclamó Beautrelet con ardor—. Es una cosa que usted no puede comprender: el placer, más bien la necesidad de decir lo que es, y de decirlo en voz alta. La verdad está aquí, en este cerebro que la ha descubierto, y saldrá a la luz completamente desnuda y temblorosa. El artículo se publicará, por consiguiente, tal como yo lo he escrito. Se sabrá que Lupin está vivo, se sabrá la razón por la cual él quería que se le creyese muerto.

Y agregó tranquilamente:

—Y mi padre no será secuestrado.

Una vez más, los dos guardaron silencio, pero con la mirada fija el uno en el otro. Se vigilaban. Era el pesado silencio que precede al golpe mortal. ¿Quién lo recibiría?

Lupin murmuró:

—Esta noche, a las tres de la madrugada, salvo aviso mío en contrario, dos de mis amigos tienen orden de entrar en la habitación de tu padre, apoderarse de él de buen grado o por fuerza, llevárselo y reunirlo a Ganimard y a Herlock Sholmès.

La respuesta fue un estallido de risa.

—Pero ¿tú no comprendes, bandido —exclamó Beautrelet—, que yo he tomado mis precauciones? Entonces, ¿te imaginas que soy lo suficiente ingenuo para haber enviado tontamente, estúpidamente, a mi padre a su casa, a la casita aislada que ocupaba en pleno campo?

Una risa irónica animaba el rostro del joven. Una risa nueva sobre sus labios... risa en la que se sentía la propia influencia de Lupin... Y aquel tuteo insolente que de súbito le ponía al mismo nivel de su adversario... Continuó:

—Ves, Lupin. Tu gran defecto es creer que tus combinaciones son infalibles. ¡Tú te declaras vencido! ¡Qué broma! Estás persuadido de que, a fin de cuentas, y siempre, saldrás triunfante... y te olvidas que los otros pueden tener también sus combinaciones. La mía es muy simple.

Resultaba delicioso oírle hablar. Iba y venía por la estancia con las manos en los bolsillos, con la fanfarronería y la desenvoltura de un chico que hostiga a la bestia encadenada. Verdaderamente, a esa hora estaba vengando, con la más terrible de las venganzas, a todas las víctimas del gran aventurero. Y concluyó:

—Lupin, mi padre no está en Saboya. Está en el otro extremo de Francia, en el centro de una gran ciudad, guardado por veinte de nuestros amigos, que tienen orden de no dejar de vigilarle hasta que termine nuestra batalla. ¿Quieres que te dé detalles? Está en Cherbourg, en casa de uno de los empleados del arsenal... arsenal que está cerrado de noche y donde no se puede penetrar de día sino con una autorización y en compañía de un guía.

Se había detenido frente a Lupin y le provocaba, como un niño que hace una mueca a un compañero.

—¿Qué dices a eso, maestro?

Desde hacía unos momentos, Lupin permanecía inmóvil. No movía ni un solo músculo de su rostro. ¿Qué pensaba? ¿Qué resolución iba a adoptar? Para cualquiera que conociese la violencia feroz de su orgullo, solo un desenlace era posible: el hundimiento total, inmediato y definitivo de su enemigo. Sus dedos se crisparon. Por un segundo tuve la sensación de que iba a arrojarse sobre él y estrangularle.

—¿Qué dices a eso, maestro? —repitió Beautrelet.

Lupin tomó el telegrama que estaba sobre la mesa, se lo tendió, y, completamente dueño de sí mismo, dijo:

—Toma, niño; lee esto.

Beautrelet se puso serio, impresionado de repente por la suavidad del gesto de Lupin. Desplegó el papel y seguidamente, alzando la mirada, murmuró:

—¿Qué significa esto?… No comprendo nada…

—Comprenderás muy bien la primera palabra —respondió Lupin—. La primera palabra del telegrama… es decir, el nombre del lugar desde donde fue expedido… Mira… «Cherbourg»…

—Sí… sí… —balbució Beautrelet—. Sí… «Cherbourg»… ¿y después?

—¿Y después?… Me parece que lo que sigue no está menos claro:

Recogida del paquete postal realizada… camaradas salieron con él y esperarán instrucciones hasta las ocho mañana. Todo va bien.

¿Qué hay, entonces, en eso que te parezca oscuro? ¿La palabra «paquete postal»? ¡Bah! No podían, en forma alguna, escribir «el señor Beautrelet padre». Entonces, ¿qué? ¿La forma en la que la operación fue realizada? ¿El milagro gracias al cual fue arrancado del arsenal de Cherbourg, a pesar de sus veinte guardias? ¡Bah! Esa es la infancia del arte. El caso es que el «paquete postal» ha sido expedido. ¿Qué dices a todo eso, niño?

Con todo su ser en tensión, con un esfuerzo desesperado, Isidore trataba de mantenerse sereno. Pero se veía el temblor de sus labios, su mandíbula se contraía, sus ojos que trataban en vano de fijarse sobre un punto. Tartamudeó unas palabras, se calló, y de pronto, desplomándose sobre sí mismo, con las manos pegadas al rostro, rompió en sollozos:

—¡Oh, papá, papá!…

¡Un desenlace imprevisto! Un desenlace que constituía por completo el desmoronamiento que reclamaba el amor propio de Lupin, pero que era además otra cosa, otra cosa infinitamente emocionante e infinitamente ingenua. Lupin hizo un gesto de irritación y tomó su sombrero, como si le fuera imposible soportar aquella crisis insólita de sensiblería. No obstante, en el umbral de la puerta se detuvo y regresó paso a paso, lentamente.

El ruido suave de los sollozos se elevaba como la queja de un niño a quien la pena abruma. Los hombros marcaban el ritmo desgarrador, las lágrimas se deslizaban entre los dedos cruzados. Lupin se inclinó sobre el joven Beautrelet y sin tocarle le dijo con una voz que no tenía el menor asomo de burla, ni siquiera esa piedad ofensiva de los vencedores:

—No llores, pequeño. Estos son golpes que hay que esperar siempre que uno se lanza a la batalla con la cabeza baja como tú lo has hecho. Te acechan los peores desastres… Es nuestro destino de luchadores que lo quiere así. Y hay que sufrirlo valientemente.

Luego, con dulzura, continuó:

—Tenías razón; ya ves, no somos enemigos. Hace tiempo que yo lo sé… Desde la primera hora yo he sentido por ti, por la persona inteligente que eres, una simpatía involuntaria… admiración… Y es por eso que yo quisiera decirte esto… sobre todo no te ofendas… me dolería mucho ofenderte… pero preciso decírtelo… Pues bien: renuncia a luchar contra mí… No te lo digo por vanidad… ni tampoco porque te desprecie…; pero ya ves… la lucha es demasiado desigual… Tú no sabes… nadie sabe todos los recursos de que yo dispongo… Mira, ese secreto de la aguja hueca que tú buscas tan en vano el descifrar, admite por un instante que constituye un tesoro formidable, inagotable… o bien un refugio invisible, prodigioso, fantástico… o bien, acaso, las dos cosas… Piensa en la potencia sobrehumana que yo puedo sacar de eso. Y tú no sabes tampoco todos los recursos que yo llevo dentro de mí… todo lo que mi voluntad y mi imaginación me permiten emprender y lograr. Piensa, pues, que mi vida está dirigida hacia el mismo objeto, que he trabajado como un condenado antes de ser lo que yo soy, así como para realizar con toda perfección el tipo que yo quería crear y que he conseguido crear… Entonces, ¿qué puedes hacer tú? En el mismo momento en que creas tener la victoria en tus manos, se te escapará de ellas…; habrá siempre algo en lo que no habrás pensado… un nada… el grano de arena que yo habré colocado en el lugar preciso a espaldas tuyas… Te lo ruego… renuncia… porque me veré obligado a hacerte daño, y esto me aflige…

Y, poniéndole la mano en la frente, repitió:

—Por segunda vez te digo, muchacho, que renuncies. Tendré que hacerte daño. ¿Quién sabe si la trampa en que caerás inevitablemente no está ya abierta bajo tus pies?

Beautrelet alzó el rostro. Ya no lloraba ¿Habría escuchado las palabras de Arsène Lupin? Cabría dudarlo, a juzgar por su aire distraído. Durante dos o tres minutos guardó silencio. Parecía estar pensando la decisión que iría a tomar, examinar el pro y el contra, enumerar las posibilidades favorables y las desfavorables. Finalmente, le dijo a Lupin:

—Si yo cambio el sentido de mi artículo, si yo confirmo la versión de su muerte y me comprometo a no desmentir jamás la versión falsa que voy a dar, ¿me jura usted que dejará libre a mi padre?

—Sí, te lo juro. Mis amigos se han dirigido en automóvil con tu padre a otra ciudad de provincias. Mañana por la mañana, a las siete, si el artículo del *Grand Journal* aparece tal y como yo te lo he pedido, les telefonearé y pondrán a tu padre en libertad.

—Sea —contestó Beautrelet—, me someto.

Rápidamente y como si ya juzgara inútil, después de la aceptación de su derrota, el prolongar la entrevista, se levantó, tomó su sombrero, me saludó, saludó a Lupin y salió.

Lupin le observó marcharse, escuchó cerrarse la puerta, y murmuró:

—¡Pobre chiquillo!…

Al día siguiente, a las ocho de la mañana, mandé a mi criado a buscar el *Grand Journal*. Me lo trajo al cabo de veinte minutos, pues ya a esa hora en la mayoría de los quioscos se había agotado.

Desplegué febrilmente el periódico. En la cabeza de la primera página figuraba el artículo de Beautrelet. Helo aquí, tal como los periódicos del mundo entero lo reprodujeron:

El drama de Ambrumésy

El objeto de estas líneas no es explicar en detalle el trabajo de reflexiones y de investigaciones gracias al cual logré reconstruir el drama, o más bien el doble drama, de Ambrumésy. A mi juicio, ese género de trabajo y los comentarios que comporta en deducciones, inferencias, análisis, etc., no ofrece más que un interés relativo, y en todo caso, muy trivial. No, yo me conformaré con exponer las dos ideas directrices de mis esfuerzos, y por ello se verá que al exponerlas y resolver los dos problemas a que dan origen, habré relatado este asunto con la mayor simplicidad, siguiendo el mismo orden de los hechos que constituyen aquel.

Quizá se observe que algunos de esos hechos no están demostrados y que yo dejo una parte bastante considerable a las hipótesis. Es verdad. Pero estimo que mi hipótesis está basada en un número bastante grande de incertidumbres, para que el desarrollo de los hechos, aunque no estén probados, se imponga con un rigor inflexible. Aunque la fuente original se pierde a menudo bajo el lecho de piedras, no por ello deja de ser menos la misma fuente que vuelve a verse a la luz a intervalos, y sobre la que se refleja el azul del cielo…

Enuncio así el primer enigma que me reclama: ¿cómo es que Lupin, herido de muerte, podría decirse, haya vivido durante cuarenta días sin cuidados, sin medicamentos, sin alimentos, en el fondo de un oscuro agujero?

Volvamos al principio. El jueves 16 de abril, a las cuatro de la madrugada, Arsène Lupin, sorprendido en mitad de uno de sus robos más audaces, huyó por el camino de las ruinas y cayó herido por un proyectil. Se arrastró con dificultad, volvió a caer y se levantó con la esperanza ansiosa de llegar hasta la capilla. Allí se encuentra la cripta que la casualidad le descubrió. Si logra ocultarse allí, quizá se salve. A fuerza de energía se acerca, está a solo unos metros, cuando surge un ruido de pasos. Desconcertado, perdido, se abandona. El enemigo llega. Es la señorita Raymonde de Saint-Véran. Ese es el prólogo de drama.

¿Qué ocurre entre ellos? Resulta tanto más fácil de adivinarlo, cuanto que la continuación de la aventura nos ofrece todas las indicaciones. A los pies de la joven hay un hombre herido, a quien el sufrimiento agota y que dentro de dos minutos será capturado. Y a ese hombre fue ella quien lo hirió. ¿Va asimismo a entregarlo?

Si él es el asesino de Jean Daval, entonces sí, ella dejará que el destino se cumpla. Pero en rápidas frases él le dice la verdad sobre aquel crimen en legítima defensa, cometido por su tío, el señor De Gesvres. Ella le cree. ¿Qué hará? Nadie los ve. El criado Victor vigila la puerta pequeña. El otro, Albert, apostado en la ventana del salón, los ha perdido de vista a uno y a otro. ¿Libertará al hombre a quien ha herido?

Un sentimiento de lástima irresistible, que todas las mujeres comprenderán, se apodera de la joven. Dirigida por Lupin, en unos cuantos movimientos, ella tapona la herida con su pañuelo para evitar las marcas que la sangre dejaría. Luego, sirviéndose de la llave que él le entrega, abre la puerta de la capilla. Él entra sostenido por la joven. Ella vuelve a cerrar y se aleja. Albert llega.

Si en ese momento se hubiera visitado la capilla, o cuando menos se hubiera hecho en los minutos que siguieron, Lupin, no habiendo tenido tiempo para recobrar fuerzas, levantar la losa y desaparecer por la escalera de la cripta, hubiera sido apresado… Pero esa visita a la capilla solo tuvo lugar seis horas más tarde, y además fue hecha de la forma más superficial. ¿Lupin fue salvado, y salvado por quién? Por aquella que estuvo a punto de matarle.

A partir de este punto, que ella lo quiera o no, la señorita De Saint-Véran es su cómplice. No solamente ella ya no puede entregarlo, sino que es preciso que continúe su obra, sin lo cual el herido perecerá en el asilo donde ella ha contribuido a esconderlo. Y ella continúa… Por otra parte, si su instinto de mujer hace que para ello la tarea sea obligada, él a su vez se la hace igualmente fácil. Ella tiene para con él todas las finuras, lo prevé todo. Es ella quien da al juez de instrucción unas señas falsas sobre Arsène Lupin —recuérdese la divergencia de opinión entre las dos primas a ese respecto—. Es ella, evidentemente, quien, por ciertos indicios que yo ignoro, adivina bajo su disfraz de chófer al cómplice de Lupin. Es ella quien le da aviso. Es ella quien le señala la urgencia de una operación. Es ella, sin duda, quien sustituye una gorra por otra. Es ella quien hace escribir la famosa nota en la que ella misma aparece señalada y amenazada personalmente... ¿Cómo, después de eso último, podría alguien sospechar de ella?

Es ella quien, en el momento en que yo iba a confiarle al juez mis primeras impresiones, finge haberme visto la víspera entre el bosque, hace que el señor Filleul se inquiete a mi respecto y me reduce al silencio. Maniobra peligrosa, ciertamente, pues ella despierta mi atención y dirige esta contra aquella que me abruma con una acusación que yo sé que es falsa; pero al propio tiempo maniobra eficaz, puesto que se trata, ante todo, de ganar tiempo y de cerrarme la boca. Y es ella quien, durante cuarenta días, alimenta a Lupin, le lleva medicamentos —que se interrogue al farmacéutico de Ouville, el cual podrá mostrar las recetas que ha preparado para la señorita De Saint-Véran— y es ella, en fin, quien cuida al herido, le cura, le vela y le sana.

Y he ahí uno de nuestros dos problemas resuelto, al propio tiempo que queda expuesto el drama. Arsène Lupin ha encontrado cerca de él, en el propio castillo, la ayuda que le era necesaria, primero para no ser descubierto, y luego para sobrevivir.

Y ahora vive. Y es entonces cuando se plantea el segundo problema cuya investigación me sirvió de hilo conductor y que corresponde al segundo drama de Ambrumésy. ¿Por qué Lupin vivo, libre, de nuevo a la cabeza de su banda, todopoderoso como antaño, ha hecho esfuerzos desesperados, unos esfuerzos contra los cuales tropiezo constantemente, para imponerle a la justicia y al público la idea de su muerte?

Hay que recordar que la señorita De Saint-Véran era muy hermosa. Las fotografías que los periódicos han reproducido después de su desaparición no dan más que una idea imperfecta de su belleza. Ocurrió entonces lo que tenía que ocurrir. Lupin, que durante cuarenta días vio a esa bella joven, que ansiaba su presencia cuando ella no estaba a su lado, que sufre, cuando lo está, el influjo de su encanto y de su gracia, se enamora de su enfermera. Ella es para él la salvación, pero es también la alegría de sus ojos, el sueño de sus horas solitarias, su luz, su esperanza, su propia vida.

Como la señorita De Saint-Véran no se deja influir por un sentimiento que la ofende, y como quiera que hace ya menos frecuentes sus visitas a medida que aquellas son menos necesarias, cesando el mismo día en que él queda curado… enloquecido de dolor, adopta una terrible resolución. Sale de su refugio, prepara su golpe, y el sábado 6 de junio, ayudado por sus cómplices, secuestra a la hermosa joven.

Y eso no es todo. Ese rapto es preciso que quede ignorado. Precisa cortarle el camino a las investigaciones, incluso a las esperanzas: la señorita De Saint-Véran pasará por muerta. Se simula un crimen y se ofrecen pruebas a los investigadores. El crimen es real. Crimen, por lo demás, previsto; crimen anunciado por los cómplices, crimen ejecutado para vengar la muerte del jefe y por ello mismo —véase el ingenio de semejante concepción—, por ello mismo se encuentra, ¿cómo diría yo?, reforzada la creencia de esa muerte.

Pero no basta con suscitar una creencia, imponer una certidumbre. Lupin prevé mi intervención. Yo adivinaría la falsificación de la capilla, yo descubriría la cripta. Y como la cripta está vacía, todo el armazón se desmoronaría.

La cripta no estará vacía.

Igualmente, la muerte de la señorita De Saint-Véran no resultará definitiva, si el mar no arroja el cadáver sobre las rocas.

El mar arrojará sobre las rocas el cadáver de la señorita De Saint-Véran.

¿Las dificultades resultan formidables? ¿El doble obstáculo es infranqueable? Sí, pero solo para cualquier otro que no sea Lupin… para Lupin no…

Conforme él lo había previsto, yo adiviné la falsificación

de la capilla, descubrí la cripta, bajé a la cueva donde Lupin se refugió. ¡Y su cadáver estaba allí!

Toda persona que hubiera admitido la muerte de Lupin como posible, hubiera quedado desorientada. No obstante, yo no había admitido esa eventualidad ni siquiera por un segundo. El subterfugio resultaba entonces inútil y resultaban también vanas todas las combinaciones. Yo me dije inmediatamente que el bloque de piedra desprendido por un golpe de pico había sido colocado allí con una curiosa precisión, de modo que el menor choque lo hiciese caer, y que al caer debía inevitablemente reducir a papilla la cabeza del falso Arsène Lupin, para hacerlo irreconocible.

Otro descubrimiento. Una media hora después me entero de que el cadáver de la señorita De Saint-Véran ha sido encontrado en los acantilados de Dieppe... o, mejor dicho, un cadáver que se creía era el de la señorita De Saint-Véran, por la razón de que en un brazo llevaba una pulsera análoga a una de la joven. Era, por lo demás, la única señal de identidad, pues el cadáver estaba imposible de reconocer.

Sobre esto, yo recordé y comprendí. Unos días antes, había leído en un número del periódico *Vigie* de Dieppe que una joven pareja de norteamericanos que pasaban un temporada en Envermeu, se habían envenenado por su propia voluntad y que la misma noche de su muerte desaparecieron los cadáveres de ambos. Corrí a Envermeu. La historia era verdadera, me dijeron, salvo en lo que se refería a la desaparición, pues fueron los propios hermanos de las dos víctimas quienes acudieron a reclamar los cadáveres y se los llevaron después de las comprobaciones habituales. Esos hermanos nadie duda que no se llamaran Arsène Lupin y socios.

Por consiguiente, la prueba queda hecha. Sabemos el motivo por el cual Lupin simuló la muerte de la joven y acreditó el rumor de su propia muerte. Está enamorado y no quiere que se sepa. Y para que no se sepa, no retrocede ante nada, y llega incluso a emprender ese increíble robo de los dos cadáveres que necesita para que representen su persona y la de la señorita De Saint-Véran. Así quedará tranquilo. Nadie puede inquietarlo. Nadie sospechará la verdad que él quiere ahogar.

¿Nadie? Sí… Tres adversarios, dado el caso, podrían concebir ciertas dudas: Ganimard, cuya llegada al castillo se espera, Herlock Sholmès, que debe atravesar el canal de la Mancha, y yo, que me encuentro ya sobre el lugar de los hechos. Hay un triple peligro. Secuestra a Ganimard, secuestra a Herlock Sholmès y hace que Brédoux me apuñale.

Queda solo un punto oscuro: ¿por qué Lupin puso tanto empeño en robarme el documento de la aguja hueca? Porque no podía tener la pretensión, al apoderarse de él, de borrar de mi memoria el texto de las cinco líneas que lo componían. Entonces, ¿por qué? ¿Tiene miedo que la propia naturaleza del papel; o cualquier otro indicio, me proporcione algún informe?

Sea como fuere, esa es la verdad sobre el asunto de Ambrumésy. Yo repito que la hipótesis representa un cierto papel en la explicación que yo ofrezco, lo mismo que ha representado un gran papel en mi investigación personal. Pero si se esperara a tener pruebas y a los hechos para combatir a Lupin, se correría un gran riesgo, por una parte, de esperarlos, para siempre, o por otra de descubrir que, preparados por Lupin, conducirían justamente al extremo opuesto.

Yo tengo confianza en que los hechos, cuando todos sean conocidos, confirmarán mi hipótesis sobre todos los puntos.

Así pues, Beautrelet, dominado un momento por Arsène Lupin, acongojado por el secuestro de su padre y resignado a la derrota, a final de cuentas no había podido resolverse a guardar silencio. La verdad resultaba demasiado bonita y demasiado extraña, las pruebas que podía dar eran dema-

siado lógicas y demasiado concluyentes para que él acepta-
ra disfrazarlas. El mundo entero esperaba sus revelaciones.
Habló.

La misma noche del día en que apareció su artículo, los
periódicos anunciaron el secuestro del señor Beautrelet padre. Isidore ya había sido avisado por medio de un telegrama
desde Cherbourg, que recibió a las tres.

5

Sobre la pista

*L*a violencia del golpe dejó aturdido al joven Beautrelet. En el fondo, aun cuando al publicar su artículo hubiera obedecido a uno de esos movimientos irresistibles que llevan a uno a desdeñar toda su prudencia, él no había creído en la posibilidad del secuestro. Sus precauciones estaban muy bien tomadas. Los amigos de Cherbourg no solo tenían la consigna de vigilar al señor Beautrelet en persona, sino también todas sus idas y venidas, e incluso tenían instrucciones de no entregarle ninguna carta sin haberla abierto antes. No, no había peligro. Para el joven, Lupin pretendía engañarlo con falsas apariencias. Lupin, deseoso de ganar tiempo, buscaba intimidar a su adversario. El golpe resultó para el joven casi imprevisto y toda aquella tarde, hasta el fin del día, bajo la impotencia en que se hallaba para actuar, estuvo bajo los efectos del doloroso choque. Una sola idea le sostenía: ir allá, ver por sí mismo lo que había ocurrido y reanudar la ofensiva. Envió un telegrama a Cherbourg. Hacia las ocho de la noche llegó a la estación de Saint-Lazare. Unos minutos después se encontraba viajando a bordo del exprés.

No fue sino una hora más tarde, al desplegar maquinalmente un periódico de la noche que había comprado en el andén de la estación, cuando se enteró de la famosa carta por medio de la cual Arsène Lupin respondía a su artículo de aquella mañana. El artículo decía:

Señor director

No pretendo en modo alguno que mi modesta personalidad, que, ciertamente, en tiempos más heroicos hubiera pasado completamente inadvertida, no adquiera algún relieve en nuestra época de abulia y mediocridad. Pero hay un límite que la curiosidad malsana de las multitudes no podría rebasar, bajo pena de deshonrosa indiscreción. Si ya no se respetan los muros de la vida privada, entonces, ¿cuál será, la salvaguardia de los ciudadanos?

¿Se invocará el interés superior de la verdad? Vano pretexto a mi respecto, puesto que la verdad es ya conocida y no opongo dificultad alguna para escribir sobre la misma la confesión oficial. Sí, la señorita De Saint-Véran está viva. Sí, yo la amo. Sí, tengo la pena de no ser amado por ella. Sí, la investigación del joven Beautrelet es admirable, en cuanto a precisión y justeza. Sí, nosotros estamos de acuerdo sobre todos los puntos. Ya no queda, pues, enigma alguno. Bien… ¿y entonces?

Alcanzado hasta las propias profundidades de mi alma, sangrando todavía las heridas morales más crueles, pido que no se entreguen más aún a la malignidad pública mis sentimientos más íntimos y mis esperanzas más secretas. Pido la paz, la paz que me es necesaria para conquistar el afecto de la señorita De Saint-Véran, y para borrar de su recuerdo los mil pequeños ultrajes que le valía de parte de su tío y de su prima —y esto no se ha dicho— su situación de pariente pobre. La señorita de Saint-Véran olvidará ese pasado detestable. Todo cuanto ella podrá desear, aunque fuese la joya más hermosa del mundo, aunque fuese el tesoro más inaccesible, yo lo pondré a sus pies. Ella será feliz y me amará. Pero para lograrlo, una vez más, preciso la paz. Es por lo que depongo las armas, es por lo que les ofrezco a mis enemigos la rama de olivo…

advirtiéndoles al propio tiempo, por lo demás, generosamente, que una negativa por su parte podría tener para ellos las más graves consecuencias.

Y una palabra todavía respecto al señor Harlington. Bajo este nombre se oculta un excelente muchacho, secretario del multimillonario estadounidense Cooley, y encargado de llevarse de Europa todos los objetos de arte antiguo que sea posible descubrir. La mala suerte quiso que fuera a tropezar con mi amigo Étienne de Vaudreix, alias *Arsène Lupin*, alias yo. Se enteró así, aunque por lo demás fuese mentira, que un tal señor De Gesvres quería deshacerse de cuatro Rubens, a condición de que fueran sustituidos por copias de los mismos y que se guardara secreta la operación de venta en la que él consentía. Mi amigo Vaudreix estaba empeñado en convencer al señor De Gesvres para que vendiera la Capilla Divina. Las negociaciones proseguían con entera buena fe por parte de mi amigo Vaudreix, y con una encantadora ingenuidad por parte del señor Harlington, hasta el día en que los Rubens y las piedras esculpidas de la Capilla Divina estuvieron en lugar seguro… y el señor Harlington en la cárcel. No queda, pues, sino poner en libertad al infortunado estadounidense, por cuanto él se conformó solo con el modesto papel de cándida víctima, poner al rojo vivo al millonario Cooley, pues por temor a posibles complicaciones no protestó contra la detención de su secretario, y felicitar a mi amigo Étienne de Vaudreix, alias yo, puesto que él venga la moral pública, al guardar los quinientos mil francos que ha recibido por adelantado del poco simpático Cooley.

Perdóneme la extensión de esta carta, señor director, y crea en mis sentimientos más distinguidos.

ARSÈNE LUPIN

Quizá Isidore pesó los términos de esta carta con la misma minuciosidad que había estudiado el documento de la

Aguja hueca. Partía del principio, cuya exactitud era fácil demostrar, de que jamás Lupin se había dado el trabajo de enviar ni una sola de sus divertidas cartas a los periódicos sin una necesidad absoluta, sin un motivo que los acontecimientos nunca dejaban de poner en relieve un día u otro. Entonces, ¿cuál era el motivo de esta carta? ¿Era en las explicaciones referentes al señor Harlington donde había que buscarlo, entre líneas, y por detrás de todas esas palabras cuyo significado aparente no tenía quizá otro objeto que el de sugerir una idea mala, pérfida, desorientadora?…

Durante horas, el joven permaneció encerrado en su compartimento del tren, pensativo e inquieto. Aquella carta le inspiraba desconfianza, cual si hubiera sido escrita para él y estuviera destinada a inducirle a error a él personalmente. Por primera vez, y porque se encontraba frente a frente, ya no de un ataque directo, sino de un procedimiento de lucha equívoca, indefinible, experimentó la sensación muy clara del miedo. Y pensando en su anciano padre, secuestrado por culpa suya, se preguntaba con angustia si no constituía una locura el continuar un duelo tan desigual. ¿El resultado no era acaso seguro? Ante todo, ¿no tenía ya Lupin la partida ganada?

Fue un desfallecimiento breve. Cuando llegó, a las seis de la mañana, ya había recobrado toda su fe.

En el andén, Froberval, el empleado del puerto militar que había dado hospitalidad al padre de Beautrelet, le esperaba acompañado de su hija Charlotte, una niña de doce a trece años.

—Y, entonces, ¿qué ocurrió? —exclamó Beautrelet.

El buen hombre se puso a lamentarse, pero el joven le interrumpió y le llevó hasta un pequeño café próximo, mandó que les sirvieran café y comenzó a hablar claramente, sin permitirle a su interlocutor ninguna digresión, diciendo:

—Mi padre no fue secuestrado, ¿verdad? Eso era imposible.

—Imposible. Sin embargo, ha desaparecido.

—¿Desde cuándo?

—No lo sabemos.

—¿Cómo?

—No. Ayer por la mañana, a las seis, al ver que no bajaba, abrí la puerta de su cuarto, y no estaba allí.

—Pero ¿anteayer estaba todavía?

—Sí. Anteayer no había salido de su habitación. Estaba un poco cansado, y Charlotte le subió el almuerzo al mediodía y la cena a las siete de la tarde.

—Entonces, ¿fue entre las siete de la tarde de anteayer y las seis de la mañana de ayer cuando desapareció?

—Sí. La noche anterior a esta última. Solo que…

—¿Solo qué?…

—Pues bien… que de noche no se puede salir del arsenal.

—Entonces, ¿eso quiere decir que no ha salido?

—¡Imposible! Mis camaradas y yo hemos registrado todo el puerto militar.

—Entonces quiere decir que sí salió.

—Imposible. Todo está vigilado.

Beautrelet reflexionó, y luego dijo:

—¿En su habitación estaba deshecha la cama?

—No.

—Y la habitación, ¿estaba en orden?

—Sí. Encontré en el mismo lugar acostumbrado su pipa, el tabaco y el libro que él estaba leyendo. Incluso había en medio de las páginas de ese libro esta pequeña fotografía de usted.

—Enséñemela.

Froberval le entregó la fotografía. Beautrelet hizo un gesto de sorpresa. En una instantánea acababa de reconocerse en pie, con las dos manos en los bolsillos y en torno a él un cespedal donde se erguían árboles y ruinas. Froberval añadió:

—Esta debe de ser la última fotografía que usted le envió.

—No —respondió Beautrelet—. Ni siquiera conocía esta fotografía. Fue tomada sin saberlo yo en las ruinas de Ambrumésy, sin duda por el secretario del juez de instrucción, que era cómplice de Arsène Lupin.

—Y ahora, ¿qué?

—Pues que esta fotografía fue el pasaporte, el talismán gracias al cual se ganaron la confianza de mi padre.

—Pero ¿quién… quién pudo entrar en mi casa?

—Lo ignoro, pero mi padre cayó en la trampa. Le dijeron, y él lo creyó, que yo me encontraba en estas inmediaciones y que quería verle. Acudió a verme, y entonces se apoderaron de él. Eso fue todo.

—Pero, caray, ¿cómo pudo ser eso si él no salió de su habitación en todo el día de anteayer?

—¿Le vio usted?

—No, pero Charlotte, le repito, le llevó sus comidas…

Se produjo un largo silencio. Los ojos del joven y los de la niña se encontraron, y con gran suavidad Beautrelet puso su mano sobre la de la niña. Ella le miró unos segundos, como perdida, como sofocada. Luego, ocultando bruscamente la cabeza entre sus brazos doblados, rompió en sollozos.

—¿Qué es lo que tienes? —le preguntó Froberval, atolondrado.

—Déjeme usted actuar a mí —le ordenó Beautrelet.

Dejó llorar a la niña, y al cabo de un rato le dijo:

—Eres tú quien hizo todo, ¿verdad? Eres tú quien sirvió de intermediaria. ¿Eres tú quien llevó la fotografía? Lo confiesas, ¿verdad? Y cuando decías que mi padre estaba en su habitación anteayer, tú sabías perfectamente que no era así, ¿verdad?, porque habías sido tú quien le ayudó a salir.

La niña no respondió. Beautrelet le dijo:

—¿Por qué lo hiciste? Sin duda te ofrecieron dinero… con que comprarte cintas… un vestido…

Le apartó los brazos a Charlotte y le levantó la cabeza. Vio su rostro surcado de lágrimas, un rostro gracioso, inquietante y de expresión cambiante.

—Vamos —continuó Beautrelet—. Se acabó… no hablemos más de eso… Tu padre no te reñirá. Solamente que vas a decirme todo cuanto pueda serme útil… ¿Sorprendiste algo… alguna palabra de esas gentes? ¿Cómo se efectuó el secuestro?

Charlotte respondió inmediatamente:

—En automóvil… los oí hablar de ello.

—¿Y por qué carretera se fueron?

—¡Ah! Eso no lo sé.

—¿Cambiaron delante de ti alguna palabra que pueda ayudarnos?

—Ninguna… Sin embargo, uno de ellos dijo: «Disponemos de tiempo suficiente para holgar… es mañana por la mañana, a las ocho, cuando el jefe nos telefoneará allá…».

—¿Dónde quiere decir allá?… Recuérdalo… era el nombre de una ciudad, ¿no es eso?

—Sí… un nombre… un nombre como «château»…».

—¿Châteaubriant…? ¿Château-Thierry…?

—No… no…

—¿Châteauroux?

—Eso es… Châteauroux…

Beautrelet apenas oyó pronunciar la última sílaba de aquel nombre, se puso en pie y sin preocuparse de Froberval, sin preocuparse de la niña, abrió la puerta del café y corrió a la estación.

—Para Châteauroux… un billete para Châteauroux —dijo en la ventanilla del despacho de billetes.

Al día siguiente, por la mañana, Isidore Beautrelet se apeaba en la estación de Châteauroux, disfrazado, completamente irreconocible. Era un inglés de unos treinta años, vestido con un traje color castaño a grandes cuadros, pantalón corto, medias de lana, gorra de viaje y el rostro coloreado y con una pequeña barba roja.

Por la tarde ya sabía, por testimonios irrecusables, que una limusina que seguía por la carretera de Tours había cruzado el burgo de Buzançais y luego la pequeña ciudad de Châteauroux y se había detenido más allá de esta ciudad en los linderos del bosque. Hacia las diez, un coche ligero, conducido por un individuo, se había estacionado cerca del automóvil y luego se había alejado hacia el sur por el valle de Bouzanne. En ese momento, al lado del conductor viajaba otra persona. En cuanto al automóvil, este se había dirigido hacia el norte, hacia Issoudun.

Isidore descubrió fácilmente al propietario del coche ligero. Pero ese individuo nada pudo decirle. Había alquilado su coche y su caballo a una persona que se los había devuelto al día siguiente.

De todo ello resultaba, en la forma más absoluta, que el padre de Beautrelet se encontraba en aquellas inmediaciones. De no ser así, ¿cómo admitir que unos individuos recorrieran cerca de quinientos kilómetros a través de Francia solo para venir a telefonear a Châteauroux y volver a subir luego por el camino de París? Ese formidable paseo tenía un objeto preciso: transportar al padre de Beautrelet al lugar que le estaba designado. «Y este lugar está al alcance de la mano —se decía Isidore, estremeciéndose de esperanza—. A cincuenta kilómetros, a setenta kilómetros de aquí, mi padre espera que yo acuda en su auxilio. Él está ahí. Respira el mismo aire que yo.»

Pero, después de quince días de una búsqueda infructuosa, su entusiasmo acabó por decaer y pronto perdió ya toda confianza. Como el éxito tardaba en producirse de la mañana a la noche, pues él casi lo juzgaba imposible, y aunque continuara siguiendo su plan de investigaciones, habría experimentado una verdadera sorpresa si sus esfuerzos hubieran conducido al más mínimo descubrimiento.

Pasaron todavía más días monótonos y desalentadores. Por los periódicos se enteró de que el conde de Gesvres y su hija habían abandonado Ambrumésy y se habían instalado en los alrededores de Niza. Se enteró también de que el señor Harlington había sido puesto en libertad, pues su inocencia quedó comprobada, conforme a las indicaciones de Arsène Lupin.

Isidore cambió su cuartel general, y durante dos días se estableció en La Châtre y otros dos más en Argenton.

De esta maniobra no obtuvo resultado alguno.

En tales momentos estuvo a punto de abandonar la partida. Evidentemente, el coche ligero que había llevado a su padre no debía haber servido más que para cubrir una etapa, a la cual había sucedido otra etapa en la que había sido utilizado otro vehículo distinto. Y su padre estaba, pues, lejos. Pensó ya en marcharse.

Pero, un lunes por la mañana, advirtió en el sobre de una carta sin franqueo que le reexpedían desde París un tipo de letra que le trastornó. Su emoción fue tal, durante unos minutos, que no se atrevía a abrir la carta por temor a sufrir una decepción. Su mano temblaba. ¿Sería posible? ¿No se trataría de una trampa que le tendía su infernal enemigo? Con un brusco ademán abrió el sobre. Era, efectivamente, una carta de su padre... escrita por su propio padre. La escritura presentaba todas las particularidades, todos los rasgos personales del tipo de letra paterno que él conocía tan bien. Leyó:

> ¿Llegarán a ti estas palabras, mi querido hijo? No me atrevo a creerlo.
>
> Toda la noche del secuestro viajamos en automóvil y lue-

go por la mañana en coche. Yo nada pude ver, pues llevaba los ojos vendados. El castillo donde me retienen debe de estar, a juzgar por su construcción y por la vegetación del parque, en el centro de Francia. La habitación que ocupo está en el segundo piso; una habitación con dos ventanas, una de las cuales está casi taponada por una cortina de glicinas. Por las tardes me dejan en libertad, durante ciertas horas, para ir y venir por el parque, pero siempre bajo una vigilancia que no cede jamás.

Con todo riesgo te escribo esta carta y la ato a una piedra. Quizá cualquier día pueda arrojarla por encima de los muros y que cualquier campesino la recoja. No te inquietes, que me tratan con mucha consideración.

Tu viejo padre que te quiere y que se entristece pensando en las preocupaciones que te causa.

BEAUTRELET

Inmediatamente, Isidore miró los sellos del correo. Decían: Cuzion (Indre). ¡Indre! ¡Era el mismo departamento administrativo que él se empeñaba en escudriñar desde hacía semanas!

Consultó una pequeña guía de bolsillo, de la que no se separaba nunca. Cuzion, cantón de Eguzon… Por allí también había pasado.

Por prudencia abandonó su disfraz de inglés, que comenzaba a ser ya conocido en la región; se disfrazó de obrero y se dirigió a Cuzion, aldea poco importante, donde le fue fácil descubrir al que había enviado la carta.

—¿Una carta echada al correo el miércoles último?… —exclamó el alcalde, excelente burgués, al cual Isidore se confió y que se puso a su disposición—. Escuche: yo creo que puedo proporcionarle una valiosa indicación… El sábado por la tarde, un viejo afilador, el señor Charel, con quien me crucé al extremo de la aldea, me preguntó: «Señor alcalde, una carta que no tiene sello, ¿puede mandarse de todos modos?».

«Sí.» «¿Caray! ¿Y llega a su destino?» «Sí, pero con un re-cargo en el franqueo.»

—¿Y de dónde venía el señor Charel? —preguntó Beau-trelet.

—Venía de Fresselines.

—Por consiguiente, fue a lo largo de ese camino donde encontró la carta.

—Es lo más probable.

A la mañana siguiente, Isidore almorzó en Fresselines y divisó a un buen hombre que cruzaba la plaza empujando un carrito de afilar. Inmediatamente se lanzó a seguirle desde lejos.

El viejo afilador hizo dos interminables paradas, duran-te las cuales afiló dos docenas de cuchillos. Luego, al fin, se marchó por un camino que se dirigía hacia Crozant y el bur-go de Eguzon.

Beautrelet siguió tras él por ese camino. Pero no había andado más de cinco minutos, cuando tuvo la sensación de no ser el único que seguía al viejo afilador. Entre ellos cami-naba otro individuo que se detenía y volvía a echar a andar al mismo tiempo que lo hacía el viejo Charel, sin cuidarse mucho, por lo demás, de no ser visto.

«Lo vigilan —pensó Beautrelet—. Han sabido que el viejo ha recogido una carta y quieren saber si se detiene de-lante de los muros del castillo.»

Su corazón latía violentamente. Los acontecimientos se acercaban.

Los tres hombres, uno tras otro, subían y bajaban las cuestas escarpadas de la región, y así llegaron a Crozant. Allí, el viejo Charel hizo un alto de una hora. Luego bajó hacia el río y cruzó el puente. Entonces ocurrió un hecho que sorprendió a Beautrelet: el otro individuo no cruzó el puen-te; observó al afilador alejarse, y cuando lo perdió de vista se internó por un sendero que le llevaba al pleno campo. ¿Qué hacer? Beautrelet titubeó unos momentos, y luego, brusca-mente, se decidió. Se puso a seguir al individuo.

«Habrá comprobado —se dijo— que el viejo Charel si-guió recto. Ya está tranquilo y ahora se va. Pero ¿adónde? ¿Al castillo?»

Estaba llegando a su objetivo. Lo presentía por la alegría que experimentaba.

El desconocido penetró en un bosque oscuro que se er-guía sobre el río y luego surgió a plena luz en el horizonte del sendero. Cuando Beautrelet, a su vez, salió del bosque, quedó muy sorprendido de no ver ya al individuo. Le busca-ba con la mirada cuando de pronto hubo de ahogar un grito de sorpresa, y, dando un salto atrás, volvió a meterse en la línea de arboleda de donde acababa de salir. A su derecha había una alta muralla que flanqueaban a distancias iguales unos contrafuertes macizos.

¡Era allí! ¡Era allí! ¡Aquellos muros aprisionaban a su padre! Había descubierto el lugar secreto donde Lupin en-carcelaba a sus víctimas.

No se atrevió a abandonar el refugio que le proporciona-ba el espeso follaje del bosque. Lentamente, tendido sobre la tierra y reptando, se escurrió hacia la derecha y logró llegar así a la cima de un montículo que alcanzaba el nivel de la copa de los árboles vecinos. Las murallas eran todavía más altas. No obstante, divisó el techo del castillo, un antiguo techo Luis XIII que coronaban unas torrecillas muy agudas colocadas en forma de cesta alrededor de una flecha más aguda y más alta.

Ese día, ya Beautrelet no hizo nada más. Necesitaba re-flexionar y preparar su plan de ataque. Ahora le tocaba a él escoger la hora y la forma del combate contra Lupin. Se marchó.

Cerca del puente se cruzó con dos campesinas que lleva-ban cántaros llenos de leche. Les preguntó:

—¿Cómo se llama el castillo que está allí, detrás de los árboles?

—Ese, señor, es el castillo de la Aguja.

Había hecho la pregunta sin darle importancia. Pero la respuesta le dejó atónito.

—El castillo de la Aguja… ¡Ah! Pero aquí, ¿dónde nos encontramos? ¿En el departamento del Indra?

—Ciertamente, no. El Indra es del otro lado del río… Por este lado es el de Creuse.

Isidore quedó como deslumbrado. El castillo de la Aguja y el departamento de Creuse (hueco). ¡La aguja hueca! ¡La propia clave del documento! Era la victoria asegurada, definitiva, total…

Sin decir una sola palabra más, volvió la espalda a las dos mujeres, y se alejó, tambaleándose por la emoción como un hombre embriagado.

6

Un secreto histórico

La resolución de Beautrelet fue inmediata: actuaría solo. Avisar a la justicia resultaba demasiado peligroso. Además de que no podía presentar otra cosa que sus presunciones, temía a la lentitud de la justicia, a las inevitables y seguras indiscreciones y a toda una investigación previa, durante la cual Lupin, que sería inevitablemente avisado de todo ello, tendría tiempo para realizar su retirada.

Al día siguiente, desde las ocho de la mañana, con el paquete de sus cosas bajo el brazo, abandonó la posada en donde se hospedaba en los alrededores de Cuzion, se metió en la primera espesura que encontró, se deshizo de su ropa de obrero y volvió a disfrazarse de nuevo de joven pintor inglés, como lo había hecho anteriormente, y así se presentó en casa del notario de Eguzon, el burgo más importante de aquella zona.

Le contó al notario que aquella región le gustaba mucho y que si encontraba una residencia conveniente se instalaría allí de buena gana con sus padres. El notario le indicó varias propiedades. Beautrelet insinuó que le habían hablado del castillo de la Aguja, a orillas del Creuse.

—En efecto, pero el castillo de la Aguja, que pertenece a uno de mis clientes desde hace cinco años, no está en venta.

—Entonces, ¿vive él allí?

—Vivía él… o más bien su madre. Pero esta encontraba el castillo un poco triste y no le agradaba. De modo que lo abandonaron el año pasado.

—¿Y no vive ahora nadie allí?

—Sí, un italiano a quien mi cliente se lo ha alquilado para la temporada de verano. Es el barón Anfredi.

—¡Ah! El barón Anfredi, un hombre todavía joven, con un aire bastante afectado…

—En verdad, yo no sé nada… Mi cliente trató directamente con él. No hubo fianza… bastó una simple carta…

—Pero ¿usted conoce al barón?

—No. Él no sale nunca del castillo… Sale en automóvil algunas veces, por la noche, al parecer. La compra de provisiones la realiza una vieja cocinera que no habla con nadie. Son unas gentes muy raras…

—¿Su cliente aceptaría vender el castillo?

—No lo creo.

—¿Puede usted indicarme su nombre?

—Louis Valméras, calle Mont-Thabor, treinta y cuatro.

Beautrelet tomó el tren de París en la estación más cercana. Dos días más tarde, después de tres visitas infructuosas, encontró al fin a Louis Valméras. Era un hombre de unos treinta años, de rostro franco y simpático. Beautrelet, juzgando inútil el fingir, se dio a conocer claramente y le contó sus esfuerzos y el objeto de su gestión.

—Todo me hace creer —concluyó— que mi padre está encarcelado en el castillo de la Aguja en compañía, sin duda, de otras víctimas. Y yo vengo a preguntarle a usted qué es lo que sabe de su inquilino, el barón Anfredi.

—No sé gran cosa. Conocí al barón Anfredi el invierno pasado en Montecarlo. Habiéndose enterado por casualidad que yo era propietario de un castillo y como quiera que él deseaba pasar una temporada en Francia, me hizo el ofrecimiento de alquilármelo.

—Es un hombre todavía joven…

—Sí, con una mirada muy enérgica y el cabello rubio.

—¿Usa barba?

—Sí, una barba terminada en dos puntas que caen sobre un cuello postizo abrochado por detrás como el cuello de un eclesiástico.

—Es él —murmuró Beautrelet—. Es él, tal como yo le he visto. Son sus señas exactas.

—¿Cómo? ¿Cree usted?…

—No solo creo sino que estoy seguro de que su inquilino no es otro que Arsène Lupin.

Aquella historia le hizo mucha gracia a Louis Valméras. Conocía todas las aventuras de Lupin y las peripecias de su lucha contra Beautrelet. Se frotó las manos alegremente. El castillo de la Aguja iba a hacerse célebre…

—Solamente —dijo Valméras— le pido a usted que proceda con la mayor prudencia. Porque ¿si resultara que mi inquilino no es Arsène Lupin?

Beautrelet le expuso su plan. Iría él solo, por la noche, saltaría por encima de la muralla y se escondería en el parque…

Louis Valméras le detuvo en el acto.

—Usted no puede saltar tan fácilmente unas murallas de esa altura. Y aunque lo lograra, sería recibido por dos enormes perros que pertenecen a mi madre y que yo he dejado en el castillo.

—¡Bah! Con unas bolitas…

—No, muchas gracias. No obstante, supongamos que usted se libra de los perros. ¿Y después? ¿Cómo entra usted en el castillo? Las puertas son macizas, las ventanas tienen enrejados. Y, además, una vez que haya entrado, ¿quién le guiará por el castillo? Hay veinticuatro habitaciones.

—Sí, pero esta habitación a que me refiero tiene dos ventanas, en el segundo piso…

—Yo la conozco. La llamamos la habitación de las glicinas. Pero ¿cómo la encontrará usted? Hay tres escaleras y un verdadero laberinto de pasillos. De nada valdría que yo le explicara el camino que tendría que seguir; de todos modos se perdería...

—Entonces venga conmigo —dijo Beautrelet, riendo.

—Imposible. Le he prometido a mi madre unirme a ella en el sur.

Beautrelet emprendió el camino de regreso al hotel donde se hospedaba y comenzó sus preparativos. Pero hacia el final del día recibió la visita de Valméras.

—¿Quiere usted todavía que le ayude? —preguntó Valméras.

—¿Que si lo quiero?

—Pues bien, le acompañaré. Sí, esa expedición me atrae. Creo que no vamos a aburrirnos y me hace gracia verme mezclado en todo eso... Mire, aquí tiene ya un principio de colaboración.

Y mostró una gruesa llave llena de herrumbre y de aspecto venerable.

—Y esta llave, ¿qué abre?... —preguntó Beautrelet.

—Una pequeña poterna disimulada entre dos contrafuertes, abandonada desde hace siglos, y que yo ni siquiera creí deber indicarle a mi inquilino. Da al campo, precisamente al lindero del bosque...

Beautrelet le interrumpió bruscamente:

—Ellos conocen esa salida. Es evidente que fue por allí que el individuo a quien yo seguí penetró en el parque. ¡Vamos! Es una bonita partida, y nosotros la ganaremos. Pero, diablos, hay que jugar con mucho tiento.

Dos días más tarde, al paso de un caballo famélico, llegaba a Crozant un carro de ferientes cargado de gitanos y cuyo conductor obtuvo autorización para acampar al extremo de la aldea bajo un antiguo cobertizo.

Además del conductor, que no era otro que Valméras, había tres jóvenes que se dedicaban a trenzar butacas con varas de mimbre. Eran Beautrelet y dos de sus camaradas.

Permanecieron allí tres días en espera de una noche propicia, rondando aisladamente por los alrededores del parque. Beautrelet percibió la poterna, que situada entre dos contrafuertes, detrás del velo de zarzas que la disimulaba, casi se confundía con el diseño formado por las piedras de la muralla. Por fin, al cuarto día, el cielo se cubrió de espesas nubes negras, y Valméras decidió ir a realizar un reconocimiento del terreno, pero dispuestos a regresar rápidamente si las circunstancias no eran favorables.

Los cuatro cruzaron el pequeño bosque. Luego, Beautrelet trepó por entre los brezos, se desgarró las manos en el seto de espinos e irguiéndose a medias, lentamente, introdujo la llave en la cerradura. Despacio la hizo girar. La puerta se abrió sin rechinar, sin sacudidas. Se encontraba dentro del parque.

—¿Ya está usted dentro, Beautrelet? —preguntó desde el exterior Valméras—. Ahora espéreme. Y ustedes dos, amigos míos, vigilen la puerta para que no nos quede cortada la retirada.

Tomó de la mano a Beautrelet y se internaron en las densas sombras de la espesura. En ese momento, un rayo de luna se filtró entre las nubes y divisaron el castillo con sus torrecillas puntiagudas, dispuestas en torno a aquella flecha aguda, a la cual, sin duda, el castillo debía su nombre. No había ninguna luz en las ventanas, ni se oía ruido alguno. Valméras agarró del brazo a su compañero.

—¡Cállese! —le ordenó.

—¿Qué ocurre?

—Los perros están allí… ve usted…

Se escucharon unos gruñidos. Valméras silbó muy bajo. Dos siluetas blancas surgieron en la oscuridad y en cuatro saltos vinieron a situarse a los pies del amo…

—Hola, los dos... buenos chicos... quietos... acostaos ahí... bueno... ya no os mováis...

Y le dijo a Beautrelet:

—Ahora ya estoy tranquilo.

—¿Está usted seguro del camino?

—Sí. Ahora nos acercamos a la terraza. En la planta baja hay una contraventana que cierra mal y que se puede abrir desde el exterior.

En efecto, cuando llegaron, tras un ligero esfuerzo, la contraventana cedió. Con la punta de un diamante, Valméras cortó un cristal. Hizo girar el pestillo. Uno tras otro penetraron por el balcón. Estaban dentro del castillo.

—La estancia donde nos encontramos —dijo Valméras— se halla al extremo del pasillo. Luego hay un vestíbulo inmenso ornado de estatuas, y al final una escalera que conduce a la habitación ocupada por su padre.

Dio un paso adelante.

—¿Viene usted, Beautrelet?

—Sí. Sí.

—Pero no... usted no viene... ¿Qué le ocurre?

—¡Tengo miedo!...

—¿Tiene usted miedo?

—Sí —confesó Beautrelet ingenuamente—. Mis nervios flaquean... a menudo logro dominarlos... pero hoy el silencio... la emoción... Y además, desde la puñalada que me dio el secretario... Pero ya pasará... ya pasará... mire, ya pasa...

Consiguió, en efecto, dominarse, y Valméras le llevó fuera de la estancia. Siguieron a tientas por un pasillo tan suavemente que ninguno de ellos percibía la presencia del otro. Una débil luz parecía iluminar el vestíbulo hacia el cual se dirigían. Valméras asomó la cabeza. Era una lamparilla colocada en el fondo de la escalera, sobre un velador que se divisaba a través de las menudas ramas de una palmera.

—¡Alto! —susurró Valméras.

Cerca de la lamparilla había un centinela, en pie y con un rifle. ¿Los habría visto? Quizá. Cuando menos, algo le inquietó, pues se echó el arma a la cara para disparar.

Beautrelet había caído de rodillas contra la caja donde estaba plantado un arbusto y permanecía inmóvil, mientras el corazón parecía haberse desbocado dentro de su pecho.

Sin embargo, el silencio y la inmovilidad de las cosas tranquilizaron al centinela y este bajó el arma, aunque su cabeza permaneció vuelta hacia la caja del arbusto.

Transcurrieron diez, quince minutos espantosos. Un rayo de luna se había filtrado por una ventana de la escalera. Y, de pronto, Beautrelet se dio cuenta de que aquel rayo iba desplazándose y que antes de otros quince o de otros diez minutos caería directamente sobre él, iluminando completamente su cara.

De su rostro y sobre sus manos temblorosas comenzaron a caer gruesas gotas de sudor. Su angustia era tal, que estuvo a punto de incorporarse y echar a correr… No obstante, recordando que Valméras estaba también allí, le buscó con la mirada y quedó estupefacto al ver, o más bien adivinar, que se arrastraba entre las tinieblas. Estaba ya a punto de alcanzar el fondo de la escalera a la altura y a unos pasos del centinela.

¿Qué iba a hacer? ¿Pasar fuera como fuese? ¿Subir él solo para liberar al prisionero? Pero ¿lograría pasar? Beautrelet ya no le veía y tenía la impresión de que algo iba a ocurrir, algo que el silencio más pesado y más terrible parecía presentir también.

Y de pronto, una sombra saltó sobre el centinela, se apagó la lamparilla, se escuchó el ruido de lucha… Beautrelet acudió allí. Los dos cuerpos habían rodado por el suelo sobre las losas. Iba a inclinarse, pero escuchó un gemido ronco, un suspiro, e inmediatamente uno de los adversarios se levantó.

—Pronto… Vamos.

Era Valméras.

Subieron dos pisos y desembocaron en la entrada de un pasillo cuyo suelo estaba cubierto con una alfombra.

—A la habitación —susurró Valméras—. La cuarta habitación del lado izquierdo.

Pronto encontraron la puerta de aquella habitación. Conforme ya lo esperaban, el prisionero estaba encerrado bajo llave. Necesitaron media hora de esfuerzos agotadores y de sordos intentos para forzar la cerradura. Al fin penetraron en la habitación. A tientas, Beautrelet descubrió la cama. Su padre dormía. Lo despertó suavemente.

—Soy yo… Isidore… y un amigo… No temas nada… levántate… ni una palabra…

El padre se vistió, pero en el momento de salir les dijo en voz baja:

—Yo no estoy solo en este castillo…

—¡Ah! ¿Quién más está? ¿Ganimard? ¿Sholmès?

—No… Cuando menos yo no los he visto.

—¿Entonces?

—Una joven.

—¿La señorita De Saint-Véran, sin duda alguna?

—No sé… Yo la he divisado desde lejos varias veces en el parque… y, además, inclinándome por mi ventana veo la suya… Y ella me ha hecho señales.

—¿Tú sabes dónde está su habitación?

—Sí, en este pasillo, a la derecha.

—La habitación azul —murmuró Valméras—. La puerta tiene dos hojas. Nos costará menos trabajo.

Muy pronto, en efecto, una de las hojas de la puerta cedió. Fue el padre de Beautrelet quien se encargó de avisar a la joven.

Diez minutos después salía con ella de la habitación y le decía a su hijo:

—Tenías razón… Es la señorita De Saint-Véran.

Beautrelet reconoció a la joven. Estaba pálida y parecía muy cansada. Isidore no perdió tiempo en hacerle preguntas. Bajaron los cuatro. Al fondo de la escalera Valméras se detuvo y se inclinó sobre el centinela, y luego, conduciéndolos hacia la habitación de la terraza, dijo:

—Está muy bien.

—¡Ah! —exclamó Beautrelet con un suspiro de alivio.

—Lo golpeé lo más suavemente posible.

Esta primera victoria no podía bastarle a Beautrelet. Una vez que hubo instalado a su padre y a la joven, los interrogó sobre las personas que residían en el castillo y en particular sobre las costumbres de Arsène Lupin. Y se enteró entonces de que Lupin no venía allí más que cada tres o cuatro días. Llegaba por la tarde en automóvil y volvía a marcharse por la mañana. En cada uno de esos viajes hacía una visita a los dos prisioneros, y estos convinieron en alabar las consideraciones de Lupin para con ellos y su extrema afabilidad. Por el momento no debía encontrarse en el castillo.

—Pero sus cómplices sí están —dijo Beautrelet—. Son unas piezas de caza que no hay que desdeñar. Y si no perdemos tiempo…

Saltó sobre una bicicleta, se dirigió al burgo de Eguzon y al llegar allí despertó a la gendarmería, puso a todo el mundo en movimiento, hizo sonar la botasilla y regresó a Crozant a las ocho de la mañana, seguido del brigadier y de seis gendarmes.

Dos de estos últimos quedaron de guardia cerca del carro de los gitanos. Otros dos se situaron delante de la poterna, y los restantes, al mando de su jefe y acompañados de Beautrelet y de Valméras, se dirigieron hacia la entrada del castillo. Era demasiado tarde. La puerta estaba abierta de par en par. Un campesino les dijo que una hora antes había visto salir del castillo un automóvil.

De hecho, las pesquisas realizadas en el castillo no dieron ningún resultado. Según todas las probabilidades, la banda debía de haberse instalado en el castillo provisionalmente. Encontraron algunos trajes, una poca ropa blanca, utensilios de cocina y eso era todo.

Lo que más sorprendió a Beautrelet y a Valméras fue la desaparición del herido. No lograron descubrir la menor huella de lucha, ni siquiera una gota de sangre sobre las losas del vestíbulo.

En resumen, ningún testimonio material podía probar el paso de Lupin por el castillo de la Aguja, y hubiera habido un absoluto derecho a rechazar las afirmaciones de Beautrelet y de su padre, de Valméras y de la señorita De Saint-Véran, de no haber sido porque al fin acabaron por descubrir, en una habitación contigua a la que ocupaba la joven, media docena de ramos de flores admirables a los cuales figuraban unidas tarjetas de Arsène Lupin. Ramos desdeñados por ella, marchitos, olvidados… Junto a uno de ellos, además de la tarjeta, figuraba una carta que Raymonde no había visto. Por la tarde, cuando esa carta fue abierta por el juez de instrucción, se encontraron diez páginas de súplicas, de ruegos, de promesas, de amenazas, de desesperación… toda la locura de un amor que no ha conocido más que el desprecio y la repulsa. La carta terminaba así: «Yo vendré el martes por la tarde, Raymonde. De aquí allá reflexione usted. Por mi parte, yo estoy dispuesto a todo».

El martes por la tarde era precisamente la propia tarde del día en que Beautrelet acababa de libertar a la señorita De Saint-Véran.

Se recuerda aún la formidable explosión de sorpresa y de entusiasmo que se produjo en el mundo entero con la noticia de aquel desenlace imprevisto. ¡La señorita De Saint-Véran, libre! ¡La joven, arrancada a las garras de Lupin! ¡Y libre también el padre de Beautrelet, aquel que Lupin, en su deseo exagerado de un armisticio que necesitaban las exigencias de su pasión, había escogido como rehén! ¡Libres los dos!

Y el secreto de la aguja, que se había creído impenetrable, era ahora conocido y publicado por todos los rincones del mundo.

En verdad, las multitudes se divertían. Se hicieron canciones sobre el aventurero vencido, tales como *Los sollozos de Arsène... Los lamentos del ratero...* Y esto se cantaba en los bulevares de Francia y se tarareaba en los talleres.

Acosada a preguntas, perseguida por los entrevistadores de prensa, Raymonde respondió con la mayor reserva. Pero la carta estaba allí, y los ramos de flores, y toda la lastimosa aventura. Lupin, befado, ridiculizado, se desplomaba de su pedestal. Y Beautrelet pasó a ser el ídolo. Él lo había visto todo, previsto todo, aclarado todo. La declaración que la señorita De Saint-Véran hizo ante el juez de instrucción respecto a su secuestro confirmó la hipótesis que había imaginado el joven. En todos los puntos, la realidad parecía someterse a lo que él decretaba por anticipado. Lupin había encontrado la horma de su zapato.

Beautrelet exigió que su padre, antes de regresar a sus montañas de Saboya, se tomara unos meses de descanso al sol, y él mismo lo llevó, así como a la señorita De Saint-Véran, a los alrededores de Niza, donde el conde De Gesvres y su hija Suzanne estaban ya instalados para pasar el invierno. Dos días después, Valméras llevó allí también a su madre cerca de sus nuevos amigos y todos ellos formaron una pequeña colonia agrupada en torno al palacete de Gesvres, y la cual estaba vigilada día y noche por media docena de hombres contratados por el conde.

A principios de octubre, Beautrelet volvió a París para reanudar sus estudios. Y la vida recomenzó esta vez tranquila y sin incidentes. En todo caso, ¿qué podía pasar? ¿Acaso la guerra no había terminado?

Por su parte, Lupin debía de tener la sensación bien clara de que no le quedaba más que resignarse al hecho consumado, pues un buen día también sus otras dos víctimas, Ganimard y Herlock Sholmès, reaparecieron. La vuelta de estos últimos a la vida de este mundo careció, por lo demás, totalmente de prestigio. Fue un trapero quien los encontró frente a la prefectura de policía, ambos dormidos y atados.

Después de una semana de completo aturdimiento consiguieron volver a recobrar el orden de sus ideas, y entonces relataron —o más bien relató Ganimard, pues Herlock Sholmès se encerró en un mutismo absoluto— que habían realizado, a bordo del yate *Golondrina*, un viaje de circunvalación de África, viaje encantador, instructivo, durante el cual podían considerarse como en libertad, salvo a ciertas horas, que pasaban en el fondo de la bodega, mientras la tripulación bajaba en los exóticos puertos. En cuanto a su súbita aparición en el muelle de los Orfèvres, de París, nada recordaban, dormidos como estaban mediante algún narcótico desde hacía varios días.

El que hubieran quedado así en libertad era la mejor confesión de la derrota. Y al no luchar ya más, Lupin proclamaba esa derrota sin restricciones.

Por otra parte, se produjo un acontecimiento que la hizo más escandalosa: fue el compromiso matrimonial entre Louis Valméras y la señorita De Saint-Véran. En la intimidad que creaban entre ellos las actuales condiciones de su existencia, los dos jóvenes se prendaron el uno del otro. Valméras amaba el encanto melancólico de Raymonde, y esta, herida por la vida y ávida de gozar de una protección, sufrió los efectos de la fuerza y energía de aquel que había contribuido tan valientemente a su salvación.

Se esperaba el día de su boda con cierta ansiedad. ¿No trataría Lupin de reanudar la ofensiva? Pero la ceremonia se celebró en el día y la hora fijados, y De Saint-Véran se convirtió en la señora de Louis Valméras.

Era cual si el propio destino hubiera tomado partido en favor de Beautrelet y refrendado el parte de la victoria. La multitud lo sintió así a tal punto, que ese fue el momento en que brotó, entre sus admiradores, la idea de un gran banquete en el cual se celebraría su triunfo y el aplastamiento de Lupin. La idea resultó maravillosa y suscitó el entusiasmo. En quince días se recibieron trescientas adhesiones. Se repartieron invitaciones por los institutos de París a razón de dos alumnos por cada clase de Retórica. La prensa entonaba himnos. Y el banquete resultó lo que debía resultar: una apoteosis.

Sin embargo, una apoteosis encantadora y sencilla, por cuanto Beautrelet era el héroe. Su presencia bastó para poner las cosas en su punto. Se mostró modesto como de ordinario, un poco sorprendido por los vítores excesivos y un poco turbado por los elogios hiperbólicos en los cuales se afirmaba su superioridad sobre los más ilustres policías... Sí, un poco turbado, pero también muy emocionado. Lo manifestó así en breves palabras, que agradaron a todos y que pronunció con el rubor de un niño que enrojece cuando lo miran. Expresó su alegría y su orgullo. Y verdaderamente, por muy razonable, por muy dueño de sí que fuese, conoció en esa ocasión momentos de embriaguez inolvidables. Sonreía a sus amigos, a sus camaradas del Instituto Janson, a Valméras, venido especialmente para aplaudirlo; al señor De Gesvres, a su padre.

No obstante, en el momento en que estaba terminando de hablar y tenía aún su copa en la mano, se oyó un ruido de voces en el extremo del salón y se vio a alguien que gesticulaba agitando un periódico. Se restableció el silencio, el importuno volvió a sentarse, pero un estremecimiento de curiosidad se propagó por toda la mesa. El periódico pasaba de mano en mano y cada vez que uno de los invitados echaba su mirada sobre la página marcada prorrumpía en exclamaciones.

—¡Que lo lean… que lo lean! —gritaban del lado opuesto de la mesa.

En la mesa de honor alguien se levantó. Era el padre de Beautrelet, quien se dirigió a tomar el periódico y se lo entregó a su hijo.

—¡Que lo lean… que lo lean! —se oyó gritar más fuerte.

Otros clamaban:

—Escuchar… escuchar… Lo va a leer… Escuchar.

Beautrelet, en pie, de cara al público, buscaba con sus ojos en el periódico de la tarde que su padre le había entregado el artículo que suscitaba semejante estrépito, y de pronto, habiendo divisado el título subrayado con lápiz azul, alzó la mano para reclamar silencio, y con voz que la emoción alteraba cada vez más leyó estas revelaciones sorprendentes que reducían a la nada todos sus esfuerzos, trastornaban sus ideas sobre la aguja hueca y señalaban lo vano de su lucha contra Arsène Lupin:

Carta abierta del señor De Massiban,
de la Academia de Inscripciones y Bellas Letras.

Señor director.

El 17 de marzo de 1679 —insisto de 1679, es decir, bajo Luis XI— fue publicado en París un librito con el título de El misterio de la aguja hueca. Toda la verdad denunciada por primera vez. Cien ejemplares impresos por mí mismo y para la instrucción del sumario por el Tribunal.

A las nueve horas de la mañana, este día 17 de marzo, el autor, un hombre muy joven, bien vestido, cuyo nombre ignoro, se dedicó a depositar este libro en las manos de los principales personajes del Tribunal. A las diez, cuando ya había realizado cuatro de sus gestiones, fue detenido por un capitán de la guardia, el cual lo condujo al gabinete del rey y salió nuevamente a buscar los cuatro ejemplares distribuidos. Cuando quedaron reunidos los cien ejemplares, contados, hojeados con cuidado y comprobados, el rey los arrojó al fuego todos, salvo uno que él conservó para sí. Luego encargó al capitán de la guardia que condujera al autor del libro a presencia del señor De Saint-Mars, el cual encerró a su prisionero en Pignerol; luego, en el bosque de la isla de Sainte-Marguerite. Este hombre no era otro, evidentemente, que el famoso hombre de la Máscara de Hierro.

La verdad, o cuando menos una parte de la verdad, jamás hubiera sido conocida si el capitán de la guardia que había asistido a la entrevista, aprovechando un momento en que el rey se había vuelto a un lado, no hubiera tenido la tentación de retirar de la chimenea, antes que el fuego lo alcanzara, uno de los ejemplares. Seis meses después ese capitán fue encontrado muerto en la carretera real de Gaillon a Nantes. Sus asesinos lo habían despojado de toda su ropa, olvidando, no obstante, en el bolsillo derecho una alhaja que fue descubierta más tarde, un diamante de extraordinario valor.

Entre sus papeles se encontró una nota manuscrita. En ella no hablaba nada del libro rescatado de las llamas, pero sí daba un resumen de los primeros capítulos. Se trataba de un secreto que fue conocido por los reyes de Inglaterra, perdido por ellos en el momento en que la corona del pobre Enrique VI pasó a la cabeza del duque de York, revelado luego al rey de Francia, Carlos VII, por Juana de Arco, y que, convertido en secreto de Estado, fue transmitido sucesivamente de un soberano a otro por medio de una carta sellada y lacrada, que se encontraba a la cabecera del lecho de muerte del rey difunto con esta mención: «Para el rey de Francia». Ese secreto se refería a la existencia, y determinaba el lugar donde se encontraba, de un formidable tesoro, poseído por los reyes y que iba aumentando de siglo en siglo. La familia del capitán asesinado no concedió mayor importancia a esa nota manuscrita, en la que no vio más que una sencilla anécdota inventada del principio al fin.

Pero ciento catorce años más tarde, Luis XVI, hallándose prisionero en el Temple, llamó a uno de los oficiales encargados de vigilar a la familia real y le dijo:

—Señor, ¿no tenía usted, bajo el reinado de mi abuelo, el gran rey, un antepasado que servía como capitán de la guardia?

—Sí, señor.

—Pues bien: ¿sería usted hombre… sería usted hombre…?

Titubeó. Pero el oficial terminó él mismo la frase:

—¿Para no traicionarle? ¡Oh, señor!…

—Entonces, escúcheme.

El rey extrajo de su bolsillo un librito, del cual arrancó una de las últimas páginas. Pero cambiando de idea, añadió:

—No; es preferible que yo lo copie…

Tomó una hoja grande de papel, la cual rasgó de forma a no conservar más que un pequeño espacio rectangular sobre el cual copió cinco líneas de puntos y de cifras que contenía la página impresa. Luego la quemó, dobló en cuatro la hoja manuscrita, la selló con lacre rojo y se la entregó al oficial, diciéndole:

—Señor, después de mi muerte entregará esto a la reina y le dirá: «De parte del rey, señora… para su majestad y para su hijo…». Si ella no comprendiese…

—Sí, ¿y si ella no comprendiese?…

—Usted agregará: «Se trata del secreto de la Aguja». Y entonces la reina comprenderá.

Después que hubo hablado así, arrojó el pequeño libro entre las brasas al rojo vivo que brillaban en el hogar de la chimenea.

El 21 de enero, el rey subía al cadalso.

Dos meses necesitó el oficial, como consecuencia del traslado de la reina a la Conserjería, para cumplir la misión de que había sido encargado. Por fin, a fuerza de mañosas intrigas, consiguió un día verse en presencia de María Antonieta. Y de forma que ella pudiese comprender con exactitud, le dijo:

—De parte del difunto rey, señora, para su majestad y su hijo.

Y le entregó la carta sellada.

La reina se aseguró de que sus guardianes no la veían, rompió los sellos, pareció sorprendida a la vista de aquellas líneas indescifrables, y luego, inmediatamente, pareció comprender. Sonrió con amargura, y el oficial percibió estas palabras pronunciadas por ella:

—¿Por qué tan tarde?

La reina dudó. ¿Dónde podría guardar aquel peligroso documento? Por último, abrió su devocionario, y en una especie de bolsillo secreto que había en el mismo, entre el cuero de la encuadernación y el pergamino que lo cubría, deslizó la hoja de papel.

—¿Por qué tan tarde?... —había dicho ella.

Es probable, en efecto, que ese documento, si le hubiera podido proporcionar la salvación, llegaba ya demasiado tarde, pues en el mes de octubre siguiente la reina María Antonieta, a su vez, subía al cadalso.

Pero aquel oficial, al hojear los papeles de su familia, encontró la nota manuscrita por su bisabuelo, el capitán de la guardia de Luis XIV. A partir de ese momento ya solo tuvo una idea: consagrar todos sus momentos libres a descifrar aquel extraño problema. Leyó todos los autores latinos, estudió todas las crónicas de Francia y las de los países vecinos, se introdujo en los monasterios, descifró los libros de cuentas, los cartularios, los tratados, y pudo así descubrir ciertas citas dispersas a través de los tiempos.

En el libro III de los comentarios de César sobre la guerra de las Galias se relata que después de la derrota de Viridovix por G. Titulius Sabinus, el jefe de los caletas fue llevado ante César, y que por alguna razón reveló el secreto de la Aguja...

En el tratado de Saint-Clair-sur-Epte, entre Carlos el Simple y Roll, jefe de los bárbaros del Norte, entre los títulos de Roll leemos el de dueño del secreto de la Aguja.

La crónica sajona (edición de Gibson, página 134), hablando de Guillermo el valeroso (Guillermo el Conquistador), relata que el asta de su bandera terminaba en una punta acerada y agujereada con una hendidura en la forma de una aguja...

En una frase bastante ambigua de su interrogatorio, Juana de Arco confiesa que ella posee todavía un secreto que tiene que decirle al rey de Francia, a lo que sus jueces responden: «Sí, sabemos de qué se trata, y es por ello que usted, Juana, perecerá».

«¡Por el poder de la Aguja!», jura algunas veces el buen rey Enrique IV.

Anteriormente, Francisco I arengaba a los notables de El Havre, en 1520, pronunciando esta frase que nos transmite el diario de un burgués de Honfleur. «Los reyes de Francia mantienen secretos que regulan la dirección de las cosas y la suerte de las ciudades.»

Todas estas citas, señor director, todos los relatos que conciernen a la Máscara de Hierro, al capitán de la guardia y a su bisnieto, yo los he encontrado hoy en un folleto escrito precisamente por ese bisnieto y publicado en junio de 1815, la víspera, o al día siguiente, de Waterloo, es decir, en un período de trastornos en el que las revelaciones que ese folleto contenía tenían que pasar inadvertidas.

¿Qué vale ese folleto? Nada, me dirá usted, y no debe concedérsele ningún crédito. Esa fue mi primera impresión; pero cuál sería mi sorpresa, al abrir los *Comentarios* de César en el capítulo indicado, y descubrir la frase incluida en el folleto. La misma comprobación resulta en lo que concierne al tratado de Saint-Clair-sur-Epte, la crónica sajona, el interrogatorio de Juana de Arco y, en suma, todo lo que he podido comprobar hasta aquí.

En fin, hay un hecho más preciso todavía que relata el autor del folleto de 1815. Durante la campaña de Francia, siendo aquel oficial de Napoleón, y habiendo muerto su caballo, llamó a la puerta de un castillo, donde fue recibido por un anciano caballero de San Luis. Y hablando con el anciano se enteró, dato por dato, de que aquel castillo situado a la orilla del río Creuse se llamaba el castillo de la Aguja, que había sido construido y bautizado por Luis XIV y que por orden expresa suya había sido ornado con torrecillas y una flecha que representaba la Aguja. Como fecha llevaba, y debe llevar todavía, la del año 1680.

¡1680! Unos años después de la publicación del libro y del encarcelamiento de Máscara de Hierro. Todo se explicaba: Luis XIV, en previsión de que el secreto pudiera divulgarse, había construido y bautizado este castillo para ofrecer a los curiosos una explicación natural del antiguo misterio. ¿La aguja hueca? Pues era ni más ni menos que un castillo de torrecillas puntiagudas, situado en la orilla del río Creuse (Hueco) y perteneciente al rey. Y así, de buenas a primeras, se creería conocer ya el enigma y cesaban las investigaciones.

El cálculo, pues, era exacto, puesto que más de dos siglos después el señor Beautrelet cayó en la misma trampa. Y es a eso, señor director, a lo que yo quería llegar al escribir esta carta. Si Lupin, bajo el nombre de Anfredi, le alquiló al señor Valméras el castillo de la Aguja, a la orilla del Creuse, si alojó allí a sus dos prisioneros, es que admitía el éxito de las inevitables investigaciones del señor Beautrelet, y que, con objeto de conseguir la paz que había pedido, le tendía precisamente al señor Beautrelet la trampa histórica de Luis XIV.

Y por todo lo que antecede llegamos a la conclusión irrefutable de que fue él, Lupin, con sus exclusivas luces, sin saber ni conocer otros hechos que los que nosotros también conocemos, quien logró, por el sortilegio de un genio verdaderamente extraordinario, descifrar el que parecía indescifrable documento. Y es que Lupin, último heredero de los reyes de Francia, conoce el misterio real de la Aguja hueca.

Ahí terminaba el artículo. Pero después de unos minutos, después del trozo que se refería al castillo de la Aguja, ya no era Beautrelet quien le daba lectura. Comprendiendo su derrota, aplastado bajo el peso de la humillación sufrida, había abandonado el periódico y se había hundido en su silla, con el rostro oculto entre sus manos.

Jadeante y sacudido de emoción por aquella increíble historia, la multitud se había acercado poco a poco y se apretujaba en torno a él. Se esperaba con una angustia temblorosa las palabras con que él respondería, las objeciones que iría a formular.

Pero no se movió.

Con un gesto delicado, Valméras le apartó las manos del rostro y le irguió la cabeza.

Isidore Beautrelet estaba llorando.

7

El tratado de la Aguja

$\mathcal{L}$as cuatro de la mañana. Isidore no ha regresado al instituto. Ya no regresará hasta el término de la guerra sin cuartel que le ha declarado a Lupin. Así se lo ha jurado a sí mismo en voz baja, mientras sus amigos se lo llevaban en un coche completamente desfallecido. ¡Juramento insensato! ¡Guerra absurda! ¿Qué puede hacer él, criatura aislada y sin armas, contra aquel fenómeno de energía y potencia? ¿Por dónde atacarlo? Porque es inatacable. ¿Por dónde herirlo? Porque es invulnerable. ¿Por dónde alcanzarlo? Porque es inaccesible.

Las cuatro de la mañana… Isidore pernocta en casa de uno de sus camaradas del Instituto Janson. En pie delante de la chimenea de su habitación, con los codos apoyados sobre el mármol y el mentón sobre los dos puños, contempla su imagen reflejada en el espejo. Ya no llora, ya no quiere llorar más ni retorcerse en su cama, ni desesperarse, como ha estado haciendo durante dos horas. Quiere reflexionar, reflexionar y comprender.

Y sus ojos no se apartan de sus ojos en el espejo, como si esperara duplicar así la fuerza de sus pensamientos al contemplar aquella imagen pensativa y encontrar en el fondo de ese ser la insoluble solución que no es capaz de descubrir dentro de sí mismo. Así permanece hasta las seis de la madrugada. Y es poco a poco que, desprendida de todos los detalles que le complican y oscurecen, la pregunta se le plantea a su espíritu con toda sequedad, desnuda, con el rigor de una ecuación.

Sí, se ha equivocado. Sí, su interpretación del documento es falsa. La palabra «aguja» no se refiere en absoluto al castillo de la orilla del Creuse. Y asimismo la palabra «señorita» no puede aplicarse a De Saint-Véran y su prima, puesto que el texto del documento se remonta a siglos.

Por consiguiente, hay que rehacerlo todo. ¿Y cómo?

Una única base de documentación resultaría sólida: el libro publicado bajo Luis XIV. No obstante, de los cien ejemplares impresos por aquel que debía ser la Máscara de hierro, solamente dos escaparon a las llamas. Uno fue robado por el capitán de la guardia y se perdió. El otro fue conservado por Luis XIV, transmitido a Luis XV y quemado por Luis XVI. Pero quedaba una copia de la página esencial, aquella que contenía la solución del problema o cuando menos la solución criptográfica. La que le fue llevada a María Antonieta y que esta deslizó bajo la cubierta de su devocionario.

¿Qué se hizo de ese papel? ¿Será el mismo que Beautrelet tuvo entre sus manos y que Lupin le quitó por medio del secretario Brédoux? O bien ¿se encuentra todavía en el devocionario de María Antonieta?

Y entonces la cuestión se centra en esto: ¿qué se hizo del devocionario de la reina?

Después de tomarse unos momentos de descanso, Beautrelet interroga al padre de su amigo, meritísimo coleccionista, al que a menudo llaman como técnico, a título oficioso, y a quien todavía recientemente el director de uno de los museos de Francia consultó para la formación de su catálogo.

—¿El devocionario de María Antonieta? —exclamó—. Le fue legado por la reina a su camarera, con el encargo secreto de hacerle entrega del mismo al conde de Fersen.

Piadosamente conservado por la familia del conde, se encuentra desde hace cinco años en una vitrina del museo Carnavalet.

—¿Y estará abierto ese museo?

—Abrirá de aquí a veinte minutos.

En el mismo instante en que se abría la puerta de la antigua mansión de *madame* de Sévigné, Isidore saltaba de un coche con su amigo.

—¡Caramba! ¡El señor Beautrelet!

Diez voces saludaron su llegada. Y con gran sorpresa reconoció a todo el grupo de periodistas que seguían el «asunto de la aguja hueca». Uno de ellos exclamó:

—¡Es gracioso! Todos hemos tenido la misma idea. Cuidado, quizá Arsène Lupin se encuentra entre nosotros.

Entraron todos juntos. El director, avisado inmediatamente, se puso a su entera disposición, los llevó delante de la vitrina y les mostró un modesto volumen, sin el menor ornamento, y que, en verdad, nada tenía de objeto perteneciente a la realeza. No obstante, a todos invadió cierta emoción ante el aspecto de aquel libro que las manos de la reina habían tocado en días tan trágicos y que sus ojos enrojecidos por las lágrimas había contemplado… No se atrevieron a tomarlo y hojearlo, cual si hubieran tenido la impresión de un sacrilegio…

—Beautrelet, esa es una tarea que le incumbe a usted.

Tomó el libro con gesto ansioso. La descripción correspondía exactamente a la que el autor del folleto había dado. Primero una cubierta de pergamino, un pergamino sucio, ennegrecido, usado en algunas partes, y, por debajo, la verdadera encuadernación en cuero rígido.

¡Con qué estremecimiento buscó Beautrelet el bolsillo disimulado! ¿Sería eso una fábula? ¿O bien encontraría allí aún el documento escrito por Luis XVI y legado por la reina a su ferviente amigo?

En la primera página, sobre la parte superior del libro, no había bolsillo alguno secreto.

—Nada —murmuró Beautrelet.

Pero en la última página, después de forzar un poco la abertura del libro, vio enseguida que el pergamino se despegaba de la encuadernación. Deslizó los dedos en el interior... Había allí algo, sí... Sentía alguna cosa... un papel...

—¡Oh! —exclamó victoriosamente—. Aquí está... ¿Es posible?

—Pronto —gritó alguien—. ¿Qué espera usted?

—Sacó una hoja de papel plegada en dos.

—Bueno... lea... hay unas palabras en tinta encarnada... Se diría que es sangre... sangre completamente pálida... Lea...

Leyó: «A usted, Fersen. Para mi hijo. 16 de octubre de 1793... María Antonieta».

Y de pronto, Beautrelet lanzó una exclamación de estupor. Debajo de la firma de la reina... había escritas en tinta negra dos palabras subrayadas... Dos palabras: «Arsène Lupin».

Todos, unos tras otros, tomaron la hoja en sus manos, y el mismo grito se escapó de cada uno: «María Antonieta... Arsène Lupin». Quedaron sumidos en el silencio. Aquella doble firma, aquellos dos nombres acoplados, descubiertos en el fondo del devocionario, aquella réplica en la que dormía desde hacía más de un siglo la llamada desesperada de la pobre reina, aquella fecha horrible, el 16 de octubre de 1793, fecha en que cayó la cabeza real... tenía todo un carácter trágico desconcertante.

«Arsène Lupin», balbució una de las voces, subrayando así cuanto había de desconcertante en ver ese nombre diabólico al fondo de la hoja sagrada.

—Sí, Arsène Lupin —repitió Beautrelet—. El amigo de la reina no supo comprender la llamada desesperada de la agonizante. Vivió con el recuerdo que le había enviado aquella a quien él amaba, pero no pudo adivinar la razón de ese recuerdo. Lupin... él si lo descubrió todo... y se lo llevó.

—¿Se llevó el qué?

—¡El documento, maldita sea! El documento escrito por Luis XVI, y es aquel mismo que yo tuve entre mis manos. El mismo aspecto, la misma forma, los mismos sellos rojos. Ya comprendo ahora por qué Lupin no ha querido dejarme un documento del cual yo podía sacar partido por el exclusivo examen del papel, los sellos, etcétera.

—¿Y entonces?

—Entonces, puesto que el documento del cual yo conozco el texto es auténtico, puesto que yo he visto las huellas de los sellos rojos, puesto que la propia María Antonieta lo certifica con estas palabras escritas de su puño y letra, y que todo el relato del folleto reproducido por el señor Massiban es auténtico, y puesto que existe verdaderamente un problema histórico de la aguja hueca, estoy seguro de triunfar.

—¿Y cómo? Sea auténtico o no ese documento, si usted no lo descifra no servirá de nada, ya que Luis XVI destruyó el libro que daba la explicación.

—Sí, pero el otro ejemplar, arrancado a las llamas por el capitán de la guardia del rey Luis XVI, no fue destruido.

—¿Y cómo lo sabe usted?

—Pruebe usted lo contrario.

Beautrelet calló. Luego, lentamente, con los ojos cerrados, cual si buscara resumir su pensamiento, declaró:

—Poseedor del secreto, el capitán de la guardia comenzó por hacer entrega del mismo en partes, en la nota manuscrita que encontró luego su bisnieto. Después, silencio. La palabra clave del enigma no la dio el capitán. ¿Por qué? Porque la tentación de utilizar el secreto se infiltró poco a poco en él y sucumbió a ella. ¿La prueba? Su asesinato. ¿La prueba? La magnífica joya descubierta en su poder y que, indudablemente, él había sustraído de aquel tesoro real cuyo escondrijo, desconocido de todos, constituye precisamente el misterio de la aguja hueca. Lupin me lo ha dado a entender. Y Lupin no mentía.

—¿De modo que sus conclusiones son...?

—Mis conclusiones son que es preciso hacer el máximo de publicidad en torno a este asunto y que se sepa que nosotros buscamos un libro titulado *El tratado de la Aguja*. Quizá alguien lo desentierre en el fondo de cualquier biblioteca de provincias.

La nota al respecto fue redactada inmediatamente, y luego, sin siquiera esperar a que diera algún resultado, Beautrelet se puso manos a la obra.

Se presentaba un principio de pista: el asesinato del capitán había ocurrido en las inmediaciones de Gaillon. Aquel mismo día, Beautrelet se dirigió a esa ciudad. Cierto es que no esperaba poder reconstruir un crimen perpetrado doscientos años antes. Pero, de todas formas, hay algunos hechos que dejan rastros en los recuerdos y en las tradiciones de las tierras donde ocurren.

Hurgó, cotejó los registros de la cárcel local, los registros de los antiguos bailiajes y de las parroquias, las crónicas locales, las comunicaciones a las academias de provincias. Sin embargo, ninguna noticia o dato aludía al asesinato de un capitán de la guardia en el siglo XVII.

No se descorazonó por ello y continuó sus investigaciones en París, donde quizá se hubiera llevado a cabo la instrucción judicial del asunto. Pero sus esfuerzos no dieron ningún resultado.

No obstante, la idea de otra pista lo lanzó en una nueva dirección. ¿Sería acaso posible descubrir el nombre del capitán de la guardia cuyo bisnieto sirvió en los ejércitos de la República y estuvo destacado en el Temple durante la detención allí de la familia real, que sirvió a Napoleón y que hizo la campaña de Francia?

A fuerza de paciencia, Beautrelet acabó por formar una lista en la que, cuando menos, dos nombres presentaban una similitud casi completa: el señor Larbeyrie, bajo Luis XIV, y el ciudadano Larbrie, bajo el Terror.

Eso constituía ya un punto importante. Logró precisarlo mediante un suelto que comunicó a los periódicos solicitando si alguien le podría proporcionar informes sobre aquel Larbeyrie o sobre sus descendientes.

Fue el señor Massiban, el propio Massiban del folleto, y miembro del Instituto de Francia, quien le respondió:

Señor:

Le indico a usted un fragmento de Voltaire que he extraído de su manuscrito sobre *El siglo de Luis XIV* (capítulo XXV: «Particularidades y anécdotas del reino»). Ese fragmento ha sido suprimido en las diversas ediciones. Y dice: «He pensado en contarle al difunto ser de Caumartin, intendente de Finanzas y amigo del ministro Chamillard, que el rey salió un día precipitadamente en su carroza al recibir la noticia de que el señor de Larbeyrie había sido asesinado y despojado de magníficas alhajas. El rey parecía estar dominado por una emoción muy grande y repetía: "Todo se ha perdido... todo se ha perdido..." Al año siguiente, el hijo de aquel Larbeyrie y su hija, que se había casado con el marqués de Vélines, fueron desterrados de sus tierras de Provence y Bretagne. No cabe duda que había en todo eso alguna particularidad».

No cabe dudarlo, tanto más cuanto que, debo añadir, el señor Chamillard, según Voltaire, «fue el primer ministro que supo el extraño secreto de la Máscara de Hierro».

Usted puede ver, señor, el provecho que puede sacarse de ese fragmento y los lazos evidentes que establece entre las dos aventuras. En cuanto a mí, no me atrevo a imaginar hipótesis demasiado precisas sobre la conducta, sobre las sospechas y sobre las aprehensiones de Luis XIV en estas circunstancias; pero ¿acaso no es permisible, por otra parte, puesto que el señor Larbeyrie dejó un hijo que fue probablemente el abuelo del ciudadano oficial Larbrie, y una hija, el suponer que una parte de los papeles dejados por Larbeyrie hayan pasado a poder de la hija, y que entre esos papeles se encontraba el famoso ejemplar que el capitán de la guardia salvó de las llamas?

Yo he consultado el Anuario de los Castillos. Hay en las cercanías de Rennes un barón de Vélines. ¿Será este un descendiente del marqués? Suceda lo que quiera, ayer le he escrito a ese barón para preguntarle si no tenía en poder suyo un viejo librito cuyo título mencionase la palabra «aguja». Espero su respuesta.

Me sentiré muy satisfecho de hablar de todas estas cosas con usted. Si no le molesta, venga a verme.

Queda de usted, etcétera.

Posdata: Claro está que yo no comunico a los periódicos estos pequeños descubrimientos. Ahora que se acerca usted al objetivo, la discreción se impone.

Esa era también la opinión de Beautrelet. Incluso él llegó más lejos: cuando dos periodistas le importunaron esa mañana, les comunicó las informaciones más fantásticas sobre su estado de ánimo y sobre sus proyectos.

Por la tarde se apresuró a acudir a casa de Massiban, que vivía en el número 17 del muelle de Voltaire. Con gran sorpresa se enteró de que Massiban acababa de marcharse de improviso y le había dejado un recado para el caso de que él se presentara. Isidore abrió el sobre y leyó:

Acabo de recibir un telegrama que me da ciertas esperanzas. Me marcho, pues, a Rennes y allí dormiré. Usted puede tomar el tren de la noche y, sin detenerse en Rennes, continuar hasta la pequeña estación de Vélines. Nos encontraremos en el castillo, situado a cuatro kilómetros de allí.

Ese plan le gustó a Beautrelet. Regresó a casa de su amigo y pasó el día con él. Por la noche tomó el exprés para Bretagne. A las seis de la mañana descendió en Vélines. Recorrió a pie, entre tupidos bosques, los cuatro kilómetros de camino. Desde lejos divisó sobre una colina una vasta casa solariega, de construcción bastante híbrida, mezcla de Renacimiento y de Luis Felipe, pero, no obstante, dotada de un gran aspecto. Alegremente y lleno de confianza, llamó a la puerta.

—¿Qué desea el señor? —le preguntó un criado que apareció en el umbral de la puerta.

—Deseo ver al barón de Vélines.

Le tendió una tarjeta.

—El señor barón no se ha levantado todavía, pero si el señor quiere esperarle…

—¿Acaso no está ya aquí otra persona que vino a visitarle… un señor de barba blanca, un poco encorvado? —preguntó Beautrelet, que conocía a Massiban por las fotografías que de él habían publicado los periódicos.

—Sí, ese señor llegó ya hace diez minutos y lo he pasado a la sala.

La entrevista de Massiban con Beautrelet fue muy cordial. Cambiaron sus impresiones sobre las posibilidades que tenían de descubrir el libro, y Massiban repitió lo que había averiguado en relación con el señor De Vélines. El barón era un hombre de sesenta años que, viudo desde hacía muchos años, vivía con su hija, Gabrielle de Villemon, la cual acababa de sufrir un tremendo golpe con la pérdida de su marido y de su hijo mayor, muertos en un accidente de automóvil.

—El señor barón les ruega a ustedes, caballeros, que suban.

El criado los condujo al primer piso, haciéndolos entrar en una amplia estancia de paredes desnudas y amueblada con sencillez, con escritorios y mesas cubiertos de papeles. El barón los acogió con gran afabilidad y con esa gran necesidad de hablar que sienten a menudo las personas que viven demasiado solitarias. Les costó mucho trabajo exponer el objeto de su visita.

—¡Ah! Sí, ya sé; usted me ha escrito a propósito de eso, señor Massiban. Perdóneme, aquí apenas se leen periódicos. ¿Se trata, no es eso, de un libro en el que se habla de una aguja y que yo habría recibido de un antepasado?

—En efecto.

—Pues les diré a ustedes que mis antepasados y yo nos enemistamos. En esos tiempos tenían unas ideas muy raras.

—Sí —objetó Beautrelet con impaciencia—. Pero ¿no tiene usted algún recuerdo de haber visto ese libro?

—Claro que sí, y le telegrafié al respecto al señor Massiban…; sí o, cuando menos, le parecía a mi hija que ella había visto ese título entre unos cuantos miles de libros que se amontonaban en la biblioteca. Porque, para mí, señores, la lectura… Yo no leo nada… Mi hija todavía lee algo algunas veces, y para eso su hijo, el pequeño Jorge, el hijo que le queda, tiene que portarse bien… y también que por mi parte mis arrendamientos rindan bien, que mis vigas estén en buenas condiciones… Ya ven ustedes… libros de registro… yo vivo de ellos, señores…

Isidore Beautrelet, horrorizado por ese parloteo, le interrumpió bruscamente:

—Perdón, señor, pero y entonces ese libro…

—En efecto, sí; pues bien… mi hija lo ha encontrado hace una o dos horas.

—¿Y dónde está?

—¿Que dónde está? Pues ella lo colocó sobre esta mesa… mire… allí.

Isidore dio un salto. Al extremo de la mesa, sobre un montón de papeles, había un librito encuadernado en tafilete encarnado. Le puso el puño encima violentamente, como si prohibiera que nadie en el mundo lo tocara… y un poco también como si él mismo no se atreviera a tomarlo.

—Bueno, ¿qué?… —exclamó Massiban, emocionado.

—Ya lo tengo… helo aquí…

—Pero ¿y el título… está usted seguro?…

—Sí, pardiez… mire.

Y le mostró las letras de oro grabadas sobre el tafilete: *El misterio de la Aguja hueca*.

—¿Está usted convencido? ¿Somos nosotros, al fin, los dueños del secreto?

—Vea la primera página… ¿Qué hay en la primera página?

—Lea: «Toda la verdad denunciada por primera vez. Cien ejemplares impresos por mí mismo y por la instrucción del Tribunal».

—Eso es, eso es —murmuró Massiban con la voz alterada por la emoción—. Este es el ejemplar arrancado a las llamas. Es el propio libro que Luis XIV había condenado.

Lo hojearon. La primera mitad relataba las explicaciones dadas por el capitán De Larbeyrie en su nota manuscrita.

—Pasemos, pasemos —dijo Beautrelet, que tenía prisa por llegar a la solución.

—¿Cómo pasemos? No, en modo alguno. Esto es apasionante. Así podremos saber la causa verdadera por la cual Juana de Arco fue quemada. ¡Tamaño enigma resuelto!… Imagínese usted… ¡Entonces, el hombre de la Máscara de Hierro fue encarcelado porque conocía el secreto de la casa real de Francia! ¡Caramba! Esas son cuestiones primordiales.

—¡Más tarde, más tarde! —protestó Beautrelet, cual si

tuviera miedo de que el libro se esfumase de sus manos antes que quedara aclarado el misterio—. No tenemos tiempo, después… Veamos ante todo la explicación.

De pronto, Beautrelet se interrumpió. ¡El documento! En medio de una página a la izquierda, sus ojos vieron las cinco líneas misteriosas de puntos y de cifras. Con una ojeada comprobó que el texto era idéntico a aquel que él había estudiado tanto. Era la misma disposición de los signos… los mismos intervalos que permitían aislar la palabra «señoritas» y determinar separadamente unos de otros los dos términos de la aguja hueca.

Precedía una pequeña nota que decía: «Todas las informaciones necesarias han sido reducidas por el rey Luis XIII, parece ser, a un pequeño cuadro que transcribo más abajo».

Seguía el cuadro. Luego venía la propia explicación del documento. Beautrelet leyó con voz entrecortada:

Cual se ve, este cuadro, incluso cuando se han cambiado las cifras por vocales, no arroja ninguna luz. Puede decirse que para descifrar este enigma es preciso ante todo conocerlo ya. Es, cuando más, un hilo que se proporciona a los que ya conocen los senderos del laberinto. Tomemos, pues, ese hilo y sigamos adelante, que yo os guiaré.

Primero, la cuarta línea. La cuarta línea contiene medidas e indicaciones. Adaptándose a las indicaciones y tomando las medidas, se llega literalmente al objetivo, a condición, bien entendido, que se sepa dónde uno se encuentra; en una palabra, hallarse enterado del sentido real de la aguja. Eso es lo que se puede aprender de las tres primeras líneas. La primera está así concebida para vengarme del rey, y yo lo había prevenido de ello por adelantado…

Beautrelet se detuvo, desconcertado.

—¿Qué? ¿Qué ocurre? —preguntó Massiban.

—Que esto ya no tiene sentido.

—En efecto —replicó Massiban—. «La primera está así concebida para vengarme del rey...» ¿Qué es lo que eso quiere decir?

—¡Maldita sea! —aulló Beautrelet.

—¿Qué ocurre?

—¡Arrancadas! ¡Dos páginas! Las páginas siguientes... Mire las huellas...

Temblaba, sacudido por la rabia y la decepción. Massiban se inclinó sobre el libro, y dijo:

—Es verdad... quedan los bordes de las dos páginas, como cartivanas de encuadernador. Las huellas parecen bastante frescas. No fueron cortadas, sino arrancadas... arrancadas violentamente... Mire, todas las páginas del final muestran señales de arrugamiento.

—Pero ¿quién... quién? —gemía Isidore, retorciéndose las manos—. ¿Un criado... un cómplice?

—Esto puede haber ocurrido, a pesar de todo, hace ya meses —observó Massiban.

—No obstante... es preciso que alguien haya descubierto... haya tomado el libro... Veamos, usted, señor —exclamó Beautrelet, apostrofando al barón—. ¿Usted no sabe nada?... ¿No sospecha usted de nadie?

—Podríamos preguntarle a mi hija.

—Sí, sí... eso es.

El señor De Vélines llamó a su criado. Unos minutos después entró la señora De Villemon. Era una mujer joven, con rostro de dolorida y resignada expresión. Inmediatamente, Beautrelet le preguntó:

—¿Encontró usted este libro en la biblioteca, señora?

—Sí, en un paquete de volúmenes que no estaba desatado.

—¿Y usted lo leyó?

—Sí, ayer noche.

—Y cuando usted lo leyó, ¿estas dos páginas faltaban ya? Recuérdelo usted bien, ¿las dos páginas que siguen a este cuadro de cifras y de puntos?

—¡No! ¡No! —respondió ella, muy sorprendida—. No faltaba ninguna página.

—Sin embargo, alguien ha roto...

—Pero si el libro no salió de mi habitación esta noche.

—¿Y esta mañana?

—Esta mañana, yo lo bajé aquí cuando anunciaron la llegada del señor Massiban.

—¿Entonces?

—Entonces, no lo comprendo... a menos que...

—Jorge... mi hijo... esta mañana... Jorge estuvo jugando con este libro.

La señora salió precipitadamente, acompañada de Beautrelet, de Massiban y del barón. El niño no estaba en su habitación. Lo buscaron por todas partes. Al fin lo encontraron jugando detrás del castillo. Pero aquellas personas parecían tan agitadas y le exigían cuentas al niño con tanta severidad, que este se puso a lanzar alaridos. Todo el mundo corría de un lado para otro. Se interrogaba a los criados. Era un tumulto indescriptible. Y Beautrelet sentía la espantosa impresión de que la verdad se alejaba de él como el agua se filtra por entre los dedos. Hizo un esfuerzo por serenarse, tomó del brazo a la señora De Villemon y, seguido del barón y de Massiban, la condujo al salón y le dijo.

—El libro está incompleto, sea. Fueron arrancadas dos páginas... pero usted las había leído, ¿no es así, señora?

—Sí.

—¿Sabe usted lo que contenían?

—Sí.

—¿Podría usted repetírnoslo?

—Perfectamente. Yo he leído todo el libro con mucha curiosidad, pero esas dos páginas, sobre todo, me sorprendieron, dado el interés considerable de las revelaciones que contenían.

—Pues bien: hable usted, señora, hable, se lo suplico. Esas revelaciones son de una importancia excepcional. Hable, se lo ruego, los minutos no se recobran nunca. La aguja hueca…

—¡Oh!, es muy simple, la aguja hueca quiere decir…

En ese momento entró un criado, y anunció:

—Una carta para la señora…

—¿Cómo? Pero si ya vino el cartero.

—Fue un chico quien me la entregó.

La señora De Villemon abrió el sobre, leyó la carta y se llevó la mano al corazón, a punto de desplomarse, poniéndose repentinamente lívida y con expresión aterrada.

El papel había caído al suelo. Beautrelet lo recogió y, sin siquiera disculparse, lo leyó a su vez: «Cállese usted… si no, su hijo no se despertará…».

—Mi hijo… mi hijo… —balbució ella, sintiéndose tan débil que era incapaz de acudir en auxilio de aquel a quien se amenazaba.

Beautrelet la tranquilizó:

—Esto no es en serio… es una broma… veamos, ¿quién podría tener interés…?

—A menos —insinuó Massiban— que no sea Lupin.

Beautrelet le hizo seña de que se callara. Él lo sabía bien, caray, que el enemigo estaba allí, de nuevo, atento y resuelto a todo, y es por eso que quería arrancarle a la señora De Villemon las palabras supremas, tan largo tiempo esperadas, y arrancárselas inmediatamente, en aquel mismo instante.

—Se lo suplico, señora, tranquilícese usted… no hay ningún peligro…

¿Hablaría ella ahora? Él lo creyó, lo esperó. Ella balbució unas sílabas. Pero la puerta se abrió de nuevo. Esta vez era la sirvienta quien entró y parecía trastornada.

—El niño Jorge… señora… el niño Jorge…

Súbitamente, la madre recuperó todas sus fuerzas. Y más rápida que todos los presentes, impulsada por un instinto que no la engañaba, corrió escaleras abajo, cruzó el vestíbulo y se dirigió a la terraza.

Allí, sobre una butaca, el pequeño Jorge estaba tendido inmóvil.

—Bueno… qué… está durmiendo…

—Se durmió de repente, señora —dijo la sirvienta—. Yo quise impedirlo, llevarle a su habitación. Pero él dormía ya y sus manos… sus manos estaban frías.

—Frías… —balbució la madre—, sí, es verdad… ¡Ah, Dios mío, Dios mío!… el caso es que se despierte…

Beautrelet deslizó sus dedos en uno de sus bolsillos, cogió la culata de su revólver, puso el índice sobre el gatillo, sacó bruscamente el arma e hizo fuego sobre Massiban.

Anticipándose, como si hubiera estado espiando los ademanes del joven, Massiban había esquivado el golpe. Pero ya Beautrelet se había arrojado sobre él, gritando a los criados:

—¡A mí!… ¡es Lupin!…

Por la violencia del choque, Massiban fue derribado sobre una de las butacas de mimbre.

Al cabo de siete u ocho segundos, se levantó, dejando a Beautrelet aturdido, sofocante. Y entre sus manos tenía ya el revólver del joven.

—Bien… magnífico… no te muevas… tienes para dos o tres minutos… no más. Pero, en verdad, te ha llevado tiempo reconocerme… Es preciso que yo le haya copiado muy bien la cabeza a Massiban…

Se irguió, y a plomo, sosteniéndose ahora firmemente sobre sus piernas, con el vigoroso torso y una actitud atemorizante, dijo con sorna, mirando a los tres criados petrificados y al barón desconcertado:

—Isidore, has cometido una tontería. Si no les hubieras dicho que yo era Lupin, me hubieran saltado encima. Y con unos mocetones como esos, caray, ¿qué hubiera sido de mí, Dios mío? Uno contra cuatro.

Se acercó a ellos, y añadió:

—Vamos, hijos, no tengáis miedo… no os haré daño… escuchad, ¿queréis un terroncito de azúcar? ¡Ah!, tú, por ejemplo, me vas a devolver mi billete de cien francos. Sí, sí, te reconozco. Es a ti a quien yo te pagué hace poco para que le llevaras la carta a tu patrona… Vamos, rápido, mal servidor…

Tomó el billete azul que le tendía el criado y lo rompió en pequeños pedazos.

—El dinero de la traición… me quema los dedos.

Levantó el sombrero e, inclinándose profundamente ante la señora De Villemon, dijo:

—¿Me perdona usted, señora? Los azares de la vida, sobre todo de la mía, obligan a menudo a crueldades por las cuales soy el primero en ponerme colorado. Pero no tema por su hijo, es una simple inyección. Una pequeña inyección en el brazo que le puse yo mientras le interrogaban. Dentro de una hora ya le habrá pasado todo… Una vez más, mil perdones. Pero necesito su silencio.

Saludó de nuevo, dio las gracias al señor De Vélines por su hospitalidad, tomó su bastón, encendió un cigarrillo y ofreció otro al barón, saludó circularmente con el sombrero y le gritó a Beautrelet con tono protector: «Adiós, bebé». Y se marchó tranquilamente, lanzando bocanadas de humo en la cara de los criados…

Beautrelet esperó unos minutos. La señora De Villemon, ya más tranquila, velaba a su hijo. Beautrelet se adelantó hacia ella para dirigirle un último ruego. Sus ojos se cruzaron. Y él no dijo nada. Había comprendido que, desde ahora, ella jamás hablaría. En su cerebro de madre, el secreto de la aguja hueca estaba todavía enterrado tan profundamente como en las tinieblas del pasado.

Entonces, Beautrelet renunció y se marchó.

Eran las diez y media. Había un tren que pasaba a las once y cincuenta. Lentamente siguió la avenida del parque y tomó el camino que le llevaría a la estación.

—Y bien, ¿qué dices de esta partida?

Era Massiban, o más bien Lupin, que surgía del bosque contiguo al camino.

—¿Estaba bien combinada? Tu viejo camarada sabe bailar en la cuerda floja, ¿no? Estoy seguro de que aún no has recobrado el sentido y que te preguntas si el llamado Massiban, miembro de la Academia de Inscripciones y Bellas Letras, ha existido jamás. Pues sí, existe. Te lo haré ver, incluso, si te portas bien. Toma, mete el revólver en tu bolsillo y acompáñame hasta París... te ofrezco un asiento en mi cuarenta caballos.

Se metió los dedos en la boca y silbó.

—¡Ya rio... ya rio! —exclamó Lupin, saltando de alegría—. Ves, lo que te falta, bebé, es la sonrisa... eres demasiado serio para tu edad... Se plantó delante de él.

—Mira, apuesto a que te hago llorar. ¿Sabes cómo seguí tu investigación? ¿Cómo me enteré de la carta que Massiban te escribió y la cita que te dio para esta mañana en el castillo de Vélines? Por la charlatanería de tu amigo, ese con quien vives... Tú te confías a ese imbécil, y él va a tener prisa a confiárselo a un amigo... ¿Qué es lo que te tengo dicho? Y mira en qué situación te encuentras. Mira, tú eres encantador, pequeño... Por menos de nada te daría un beso... pones para todo una mirada de asombro que me llega al alma...

Se escuchó el ronquido de un motor muy cerca. Lupin agarró bruscamente de un brazo a Beautrelet, y con tono lleno de frialdad y mirándole a los ojos le dijo:

—Y ahora vas a estarte quietecito, ¿eh? Ya ves que no tienes nada que hacer. Entonces, ¿qué vas a sacar en limpio malgastando tus fuerzas y perdiendo el tiempo? Ya hay bastantes bandidos en el mundo... Corre detrás de ellos y déjame a mí en paz... si no... Queda convenido así, ¿no es eso?

Sacudió por el brazo a Beautrelet para imponerle su voluntad. Luego añadió con acento irónico.

—Pero ¡qué imbécil soy! ¿Dejarme en paz tú? Tú no eres de los que claudican... ¡Ah!, no sé lo que me contiene de... En dos tiempos y tres movimientos te tendría atado, amordazado y... Y podría retirarme al tranquilo refugio que me han preparado mis abuelos, los reyes de Francia, y gozar de los tesoros que ellos tuvieron la gentileza de acumular para mí... Pero no, está escrito que yo tengo que meter la pata hasta el fin... ¿Qué quieres? Uno tiene sus debilidades... Y yo siento debilidad por ti... Y además que... todavía no está hecho. De aquí a que hayas puesto el dedo en el hueco de la aguja tiene que correr mucha agua bajo los puentes... ¡Qué diablos! Yo, Arsène Lupin, necesité diez días. Y tú necesitarás diez años. Hay mucha distancia, en verdad, entre nosotros dos.

El automóvil llegaba. Era un coche enorme, de carrocería cerrada. Lupin abrió la portezuela, y Beautrelet lanzó un grito. Dentro de la limusina había un hombre, y ese hombre era Lupin o, más bien, Massiban.

Beautrelet rompió a reír, comprendiendo todo ahora. Lupin le dijo:

—No te contengas, está bien dormido. Yo te había prometido que le verías. ¿Te explicas ahora las cosas? A eso de la medianoche, yo me enteré de vuestra cita en el castillo. A las siete de la mañana, yo ya estaba cerca del castillo, y cuando pasó Massiban, solo tuve que apoderarme de él... Y luego, una pequeña inyección... y ya estaba... Duerme, buen hombre... Te depositaremos sobre el talud... En pleno sol, para que no tengas frío… Y con el sombrero en la mano… pidiendo una limosna por el amor de Dios… ¡Ah, mi buen Massiban, encárgate de Lupin!

Constituía una bufonada enorme el contemplar al uno frente al otro a los dos Massiban, uno dormido bamboleando la cabeza, y el otro serio, lleno de atención y de respeto.

—Y ahora, muchachos, larguémonos a toda velocidad… Al coche, Isidore… Más rápido, chófer, no vamos más que a ciento quince… ¡Ah!, Isidore, y no te atrevas a decir que la vida es monótona, sino que la vida es una cosa adorable, hijo mío, solamente que hay que saber vivirla… y yo lo sé… No me digas que no era para morirse de risa hace un rato en el castillo, cuando tú charlataneabas con el viejo Vélines, y yo, pegado contra la ventana, arrancaba las páginas del libro histórico… Y después, cuando tú interrogabas a la señora De Villemon sobre la aguja hueca… ¿Hablaría ella? Sí, ella hablaría…; no, ella no hablaría…; sí… no… A mí se me ponía la carne de gallina… Si ella hablaba, yo tendría que rehacer mi vida, toda la armazón quedaría destruida… ¿Llegaría a tiempo el criado? Sí… no… ahí está… Y Beautrelet, ¿no me desenmascarará? Jamás, es demasiado calabaza. Sí… no… ya está… no, no está… Él me echa el ojo… ya está… va a echar mano al revólver… ¡Ah, qué voluptuosidad!… Isidore, tú hablas demasiado… Vámonos a dormir, ¿quieres? Yo me caigo de sueño… buenas noches.

Beautrelet le miró. Parecía estar ya casi dormido. Dormía ya.

El automóvil, lanzado a través de la distancia, se dirigía hacia un horizonte que parecía alcanzado a cada instante, pero que constantemente huía. Ya no había ni ciudades ni aldeas, ni campos ni bosques. Durante largo tiempo, Beautrelet observó a su compañero de viaje con ávida curiosidad y también con el deseo de penetrar, a través de la máscara que le cubría, su verdadero rostro. Y pensaba en las circunstancias que los encerraban así uno cerca del otro, en el estrecho recinto de aquel automóvil.

Pero después de las emociones y las decepciones experimentadas aquella mañana, cansado a su vez, él también se durmió.

Cuando se despertó, Lupin leía. Beautrelet se inclinó para ver el título del libro. Era *Cartas a Lucilio*, del filósofo Séneca.

8

De César a Lupin

«¡*Q*ué diablo! Yo, Arsène Lupin, necesité diez días. Y tú necesitarás diez años.»

Esa frase, pronunciada por Lupin a la salida del castillo de Vélines, ejerció gran influencia sobre el proceder de Beautrelet. Muy tranquilo en el fondo y siempre dueño de sí, Lupin tenía, no obstante, expansiones como esa un poco románticas, teatrales a veces y de muchacho, en las cuales se le escapaban ciertas confesiones, ciertas palabras de las que un joven como Beautrelet podía sacar provecho.

Con razón o sin ella, Beautrelet creía ver en esa frase una de sus confesiones involuntarias. Estaba en su derecho en concluir que si Lupin ponía paralelamente sus esfuerzos y los de él en la persecución de la verdad sobre la aguja hueca, entonces era porque ambos poseían medios idénticos para llegar al mismo objetivo… Y que Lupin no había dispuesto de elementos de triunfo diferentes de aquellos que poseía su adversario. Las posibilidades para ambos eran las mismas. Pero con esas mismas posibilidades, con esos mismos elementos de triunfo, a Lupin le habían bastado diez días. ¿Cuáles eran esos elementos y esas posibilidades? Todo se reducía al conocimiento del folleto publicado en 1815, folleto que Lupin, como Massiban, había sin duda encontrado por casualidad, y gracias a ello había llegado a descubrir en el devocionario de María Antonieta el documento indispensable. Por consiguiente, el folleto y el documento constituían las dos bases sobre las cuales Lupin se había apoyado. Con esos elementos había reconstruido todo el edificio. Nada de auxilios extraños. El estudio del folleto y el estudio del documento, y eso era todo.

Entonces, ¿no podía Beautrelet acantonarse también sobre el mismo terreno? ¿Para qué una lucha imposible? ¿Para qué sus vanas investigaciones con las cuales él estaba seguro —tanto que evitaba las emboscadas multiplicadas bajo sus pasos— de llegar, a fin de cuentas, al más lamentable de los resultados?

Su decisión fue clara e inmediata, y ajustándose a ella tenía la intuición feliz de que se encontraba sobre el camino acertado. Ante todo, y sin inútiles recriminaciones, abandonó a su camarada del Instituto Janson-de-Sailly y, tomando su maleta, fue a instalarse en un pequeño hotel situado en el propio centro de París. De ese hotel no salió en absoluto durante días enteros. A lo sumo comía en el restaurante. El resto del tiempo, encerrado bajo llave, con las cortinas de las ventanas herméticamente cerradas, pensaba.

«Diez días», había dicho Arsène Lupin. Beautrelet se esforzaba por olvidar todo cuanto había hecho y no recordar más que los elementos contenidos en el folleto y en el documento, ambicionando ardientemente el mantenerse dentro de los límites de aquellos diez días. Pero pasó el décimo, y el undécimo, y el duodécimo, mas al decimotercero la luz se hizo en su cerebro y rápidamente, con la rapidez desconcertante de esas ideas que se desarrollan en nosotros como plantas milagrosas, la verdad surgió, se dilató, se fortificó. La noche de aquel decimotercer día no sabía ciertamente la clave del problema, pero conocía uno de los métodos que podían dar lugar a descubrirla… el método fecundo que Lupin, sin duda alguna, había empleado.

Método muy simple y que se desprendía de esta cuestión única: ¿existía un lazo de unión entre todos los acontecimientos históricos, más o menos importantes, a los cuales el folleto ligaba el misterio de la aguja hueca?

La diversidad de los acontecimientos hacía que la respuesta fuese difícil. No obstante, del profundo examen a que Beautrelet se entregó, acabó por desprenderse un carácter esencial a todos los acontecimientos. Todos, sin excepción, se producían en los límites de la antigua Neustrie, límites que correspondían más o menos a la actual Normandía. Todos los héroes de la fantástica aventura eran normandos, o se convirtieron en tales, o actuaron en la tierra normanda.

¡Qué apasionante cabalgata a través de los siglos! ¡Qué emocionante espectáculo el de todos aquellos barones, duques y reyes partiendo de puntos tan opuestos y dándose cita en este rincón del mundo!

A la ventura, Beautrelet hojeó la historia. Era Roll o Rollon, primer duque normando, quien quedó dueño del secreto de la aguja después del tratado de Saint-Clair-sur-Epte.

Fue Guillermo el Conquistador, duque de Normandía, rey de Inglaterra, cuyo estandarte estaba agujereado en forma de aguja.

Fue en Rouen donde los ingleses quemaron a Juana de Arco, dueña del secreto.

Y en el propio principio de la aventura, ¿qué es aquel jefe de los caletas que paga su rescate a César con el secreto de la aguja, sino el jefe de los hombres de la tierra de Caux... la tierra de Caux, situada en el mismo corazón de Normandía?

La hipótesis quedó fijada. El campo se estrechó. Rouen, las orillas del Sena, la tierra de Caux... parecía verdaderamente que todos los caminos convergían por ese lado. Si se citan particularmente dos reyes de Francia, ahora que el secreto, perdido por los duques de Normandía y por sus herederos los reyes de Inglaterra, se ha convertido en secreto de la casa real de Francia, es Enrique IV... el mismo Enrique IV, que puso sitio a Rouen y ganó la batalla de Arques, a las puertas de Dieppe. Y es también Francisco I, quien fundó El Havre y pronunció esta frase reveladora: «Los reyes de Francia guardan secretos que deciden a menudo la suerte de las ciudades». Rouen, Dieppe, El Havre... las tres cimas del triángulo, las tres grandes ciudades que ocupan las tres puntas, los tres ángulos. Y en el centro, la tierra de Caux.

Llegó el siglo XVII, Luis XIV quema el libro en el que el desconocido revela la verdad. El capitán De Larbeyrie se apodera de un ejemplar, se aprovecha del secreto que él ha violado, roba un determinado número de joyas y, sorprendido por unos salteadores de caminos, muere asesinado. No obstante, ¿en qué lugar se produjo el acecho de los bandidos y el asesinato? En Gaillon, pequeña ciudad situada en la carretera que conduce desde El Havre, desde Rouen o desde Dieppe, a París.

Un año más tarde, Luis XIV compra una propiedad y construye el castillo de la Aguja. ¿Y qué lugar escogió para ello? El centro de Francia. De ese modo, los curiosos quedan desorientados. No se busca en Normandía.

Rouen... Dieppe... El Havre... El triángulo... Todo está allí... De un lado, el mar; del otro, el Sena. Del otro, los dos valles que conducen de Rouen a Dieppe.

Un relámpago iluminó el espíritu de Beautrelet. Ese espacio de terreno, esa región de altas planicies que van desde los acantilados del Sena a los acantilados de la Mancha, era siempre, casi siempre, el propio campo de operaciones donde evolucionaba Lupin.

Desde hacía diez años era precisamente en esa región donde él actuaba como en tierra propia, y cual si hubiera tenido su guarida en el propio centro del país, y donde se enlazaba más estrechamente la leyenda de la aguja hueca.

¿El asunto del barón de Cahorn? Había ocurrido en las

orillas del Sena, entre Rouen y El Havre. ¿El asunto de Ti-
bermesnil? Se había producido en la otra extremidad de la planicie, entre Rouen y Dieppe. ¿Los robos de Cruchet, de Mon-
tigny y de Grasville? Sucedieron en plena tierra de Caux.
¿Adónde se dirigía Lupin cuando fue atacado y atado en su
compartimento del tren por Pierre Onfrey, el asesino de la
calle Lafontaine? A Rouen. ¿Dónde fue embarcado Herlock
Sholmès, prisionero de Lupin? Cerca de El Havre.

Y todo el drama actual, ¿dónde tuvo su escenario? En
Ambrumésy, junto a la carretera de El Havre a Dieppe.

Rouen, Dieppe, El Havre… siempre el triángulo.

Por consiguiente, algunos años antes, Lupin, en posesión
del folleto y conociendo el escondrijo donde María Antonieta había ocultado el documento, acabó por meter sus manos
en el famoso devocionario. Y ya en posesión del documento,
se puso en marcha, encontró lo que buscaba y allí se estableció como en país conquistado.

Beautrelet se puso también en marcha.

Una mañana almorzaba en una posada teniendo a la vista Harfleur, antigua ciudad del estuario. Frente a él comía
uno de esos tratantes normandos, colorados y gordos, que
recorren las ferias con el látigo en la mano y vestidos con
una larga blusa. Al cabo de un instante le pareció a Beautrelet que aquel hombre le miraba con cierta atención, como si le
conociera o, cuando menos, como si tratara de reconocerle.

«Bueno —pensó—. Me equivoco; nunca he visto a este
tratante en caballos.»

En efecto, el hombre pareció no ocuparse ya más de él.
Encendió su pipa, pidió café y coñac. Beautrelet, cuando hubo terminado su almuerzo, pagó y se levantó. Un grupo de
individuos entraba en el momento que él iba a salir del restaurante. Tuvo que quedarse en pie unos momentos junto
a la mesa donde el tratante estaba sentado, y entonces oyó
que le decía:

—Buenos días, señor Beautrelet.

Isidore no dudó. Tomó asiento junto al individuo, y le dijo:

—Sí, soy yo... pero usted... ¿quién es? ¿Cómo me ha reconocido?

—No es difícil... Y, sin embargo, yo nunca he visto más que su retrato en los periódicos. Pero está usted tan mal... ¿cómo dicen ustedes en francés?... tan mal desfigurado.

Tenía un acento extranjero muy acusado, y Beautrelet creyó discernir, al examinar a aquel hombre, que él también tenía algo que desfiguraba su verdadero rostro.

—¿Quién es usted? —repitió Beautrelet.

El extraño sonrió, y dijo:

—¿No me reconoce usted?

—No. Yo no le he visto nunca.

—De mí también publican el retrato los periódicos... y lo hacen a menudo. ¿Qué, ya me reconoce?

—No.

—Herlock Sholmès.

Aquel encuentro era original. Y era también significativo. Inmediatamente, el joven comprendió su alcance. Después de un intercambio de cumplidos mutuos, le dijo a Herlock Sholmès:

—¿Me supongo que usted se encuentra aquí a causa de él?

—Sí.

—Entonces... entonces... usted cree que tenemos posibilidades por este lado.

—Estoy seguro de ello.

La alegría que Beautrelet experimentó al comprobar que la opinión de Sholmès coincidía con la suya, no dejaba de tener su mezcla de contrariedad. Si el inglés alcanzaba el objetivo, entonces sería una victoria dividida y quién sabe si aquel, además, no llegaría antes que él.

—¿Posee usted pruebas… indicios? —preguntó el joven.

—No tenga usted miedo —dijo con ironía el inglés, comprendiendo la inquietud de Beautrelet—. Yo no sigo las huellas que sigue usted. Para usted es el documento, el folleto… cosas que a mí no me inspiran gran confianza.

—¿Y usted?

—Para mí no es eso.

—¿Sería indiscreto?…

—En modo alguno. ¿Recuerda usted la historia de la diadema, la historia del duque De Charmerace?

—Sí.

—¿Usted no olvidó a Victoria, la vieja nodriza de Lupin, aquella que mi buen amigo Ganimard dejó escapar en un falso coche celular?

—No.

—Yo he vuelto a encontrar la pista de Victoria. Vive en una granja no lejos de la carretera nacional número veinticinco. Y la carretera nacional número veinticinco es la carretera de El Havre a Lille. Por medio de Victoria llegaré fácilmente a Lupin.

—Será un largo camino.

—No importa. He abandonado todos mis asuntos. Ya no hay más que este que me interesa Entre Lupin y yo hay entablada una lucha… una lucha a muerte.

Pronunció esas palabras con una especie de salvajismo en el que se translucía un odio feroz contra el gran enemigo que le había burlado.

—Váyase —murmuró el inglés—. Nos están observando… y es peligroso… Pero recuerde mis palabras: el día que Lupin y yo nos encontremos frente a frente será… será algo trágico.

Beautrelet se despidió de Sholmès ya completamente tranquilo: no había que temer que el inglés le ganara por rapidez.

Y qué prueba le proporcionaba la casualidad con esa entrevista. En efecto, la carretera de El Havre a Lille pasa por Dieppe. Es la gran carretera de la tierra de Caux, la carretera marítima que domina los acantilados de la Mancha. Y era en una granja vecina a esa carretera donde Victoria estaba instalada. Victoria, es decir, Lupin, puesto que el uno no andaba sin la otra, el amo sin la sirvienta siempre ciegamente dedicada a él.

«Ardo de impaciencia —se repetía el joven—. El hecho de que las circunstancias me proporcionen un elemento nuevo de información es para confirmar mis suposiciones. Por un lado, la certidumbre absoluta en cuanto a las orillas del Sena, y por el otro, la certidumbre de la carretera nacional. Las dos vías de comunicación se reúnen en El Havre, la ciudad de Francisco I, la ciudad del secreto. Los límites se estrechan. La ciudad de Caux no es extensa y solo tengo que investigar la parte oeste de la región. Lo que Lupin ha encontrado no existe razón alguna para que yo no lo encuentre también», no cesaba de decirse. Cierto es que Lupin debía de tener algunas ventajas importantes, quizá un profundo conocimiento de la región… ventaja preciosa, dado que él, Beautrelet, desconocía totalmente aquella tierra.

Pero ¡qué importaba!

Aunque tuviera que consagrar diez años de su vida a aquella investigación, la llevaría a cabo. Lupin estaba allí. Lo veía. Lo adivinaba. Lo esperaba en aquella vuelta del camino, en la orilla de aquel bosque, a la salida de aquella aldea. Sin embargo, defraudado cada vez que tal pensaba, tal parecía que en cada decepción encontrase una razón más fuerte aún para obstinarse todavía más en su empresa.

A menudo se dejaba caer sobre el talud de la carretera y se hundía absorto en el examen de la copia del documento, tal como él la llevaba consigo, es decir, con la sustitución de las cifras por vocales.

```
e.a.a..e..e.a.
a..a...e.e.  .e.oi.e..e.
.ou..e.o...e..e.o..e
D DF ⬜ 19 F+44 ▷357 ◁
ai.ui..e    ..eu.e
```

A menudo también, según era su costumbre, se acostaba boca abajo en la alta hierba y meditaba durante horas. Disponía de tiempo sobrado para ello. El porvenir era suyo.

Estudió, escudriñó Montivilliers, Saint-Romain, Octeville y Gonneville.

Llamaba por las tardes a las casas de los campesinos y les pedía albergue. Después de cenar, fumaba y charlaba con ellos. Y hacía que le contaran las mismas historias que ellos contaban en las largas veladas de invierno.

Nada. Ninguna leyenda, ningún recuerdo en el que se tratara de cerca o de lejos de una aguja. Y volvía a emprender la marcha alegremente.

Un día pasó por la bella aldea de Saint-Jouin, que domina el mar, y bajó entre el caos de rocas desprendidas del acantilado.

Luego volvió a subir a la planicie y se dirigió hacia el valle de Bruneval, hacia el cabo de Antifer, hacia la pequeña ensenada de ese mismo nombre. Caminaba alegremente y con ligereza, un poco cansado, pero tan feliz de vivir, tan dichoso, que hasta olvidaba a Lupin y el misterio de la aguja hueca, y a Sholmès, interesándose por el espectáculo de las cosas, en el cielo azul, en el ancho mar esmeralda todo resplandeciente de sol.

Lo intrigaban a veces unos taludes rectilíneos, unos restos de muros y ladrillos donde creía reconocer vestigios de campos romanos. Luego descubrió una especie de pequeño castillo, de bastante mal gusto, construido imitando un fuerte antiguo, y que estaba situado en un promontorio, despedazado, rocoso y casi desprendido del acantilado. Una puerta de reja flanqueada de fosos y de espinos cerraba el estrecho pasadizo.

A duras penas, Beautrelet consiguió penetrar. Por encima de la puerta ojival, que cerraba una vieja cerradura herrumbrosa, leyó estas palabras:

Fuerte de Fréfossé *

No intentó entrar y, volviendo a la derecha, después de bajar una pequeña pendiente, se internó por un sendero que corría sobre una arista de tierra provista de una rampa de madera. En el extremo había una gruta de exiguas proporciones, formando como una garita en la punta de la roca donde había sido abierta, una roca abrupta asomándose sobre el mar.

Apenas si era posible mantenerse en pie en el centro de la gruta En los muros se entrecruzaban las inscripciones. Un agujero casi cuadrado, hecho sobre la piedra, se abría en tragaluz por el lado de tierra, frente al fuerte de Fréfossé, cuya almenada cima se percibía a treinta o cuarenta metros de distancia. Beautrelet arrojó al suelo su saco de viaje y se sentó. El día había sido duro y fatigoso. Se durmió por unos momentos.

* El fuerte de Fréfossé llevaba el nombre de una propiedad vecina de la que dependía. Su destrucción, que tuvo lugar algunos años más tarde, fue exigida por las autoridades militares a causa de las revelaciones que figuran en este libro.

El fresco viento que circulaba por la gruta le despertó. Permaneció inmóvil un rato, distraído y con la mirada vaga. Trató de reflexionar, de aclarar su mente todavía entumecida. Y ya más consciente iba a levantarse, cuando tuvo la impresión de que sus ojos, fijados de súbito, desorbitados de repente, contemplaban… Le agitó un estremecimiento. Sus manos se crisparon, sintió que gruesas gotas de sudor le perlaban la frente.

—No… no… —balbució—. ¿Es un sueño, una alucinación…? Veamos… ¿es esto posible?

Se arrodilló bruscamente y se inclinó. Dos letras enormes, de un pie de largo cada una, aparecían grabadas en relieve sobre el granito del suelo.

Aquellas dos letras, talladas toscamente y en las que el paso de los siglos había redondeado los ángulos y patinado la superficie, eran una D y una F.

—¡Una D y una F! ¡Milagro desconcertante! Una D y una F eran precisamente dos letras del documento. Las dos únicas letras del documento.

No. Beautrelet no tenía siquiera necesidad de consultarlo para evocar aquel grupo de letras de la cuarta línea, la línea de las medidas y las indicaciones.

Las conocía bien. Estaban grabadas para siempre en el fondo de sus pupilas, incrustadas para siempre en la propia sustancia de su cerebro.

Se levantó, bajó por el camino escarpado, subió a lo largo del antiguo fuerte, se agarró de nuevo para pasar a los espinos del pretil y caminó rápidamente hacia un pastor cuyo rebaño pastaba en una ondulación de la planicie.

—Aquella gruta… aquella gruta…

Sus labios temblaban y buscaban palabras que no era capaz de encontrar. El pastor le miró con asombro. Al fin repitió:

—Sí, aquella gruta… que está allí… a la derecha de fuerte… ¿Tiene algún nombre?

—¡Caray! Todos los de Étretat le llaman la gruta de las Señoritas.

—¿Qué?... ¿Qué?... ¿Qué dice usted?...

—Pues sí... la cámara de las Señoritas.

Isidore estuvo a punto de saltar sobre él y agarrarle por la garganta, cual si toda la verdad radicara en aquel hombre y esperase arrancársela de un golpe...

¡Las Señoritas! ¡Una de las palabras, una de las dos únicas palabras conocidas del documento!

Un viento de locura hacía temblar a Beautrelet sobre sus piernas. Un viento que parecía hincharse en torno a él, soplando como una borrasca impetuosa que venía de la costa y que venía de la tierra, que venía de todas partes y le azotaba con grandes golpes de verdad... ¡Ahora comprendía! ¡El documento se le aparecía en su verdadero sentido! La cámara de las Señoritas... Étretat...

«Es eso —pensaba él con el espíritu invadido de luz—. No puede ser más que eso. Pero ¿cómo no lo adiviné antes?»

Le dijo al pastor en voz baja.

—Bien... vete... puedes irte... gracias.

El hombre le silbó a su perro y se alejó.

Una vez solo, Beautrelet regresó hacia el fuerte. Ya lo había casi rebasado, cuando de pronto se arrojó a tierra y quedó allí agazapado contra un lienzo de pared. Y retorciéndose las manos pensaba: «¡Si seré loco! ¿Y si él me ve? ¿Si sus cómplices me ven? Desde hace una hora voy... y vengo...».

No se movió. El sol se había puesto. La noche iba poco a poco mezclándose al día, sombreando las siluetas de las cosas.

Entonces, con menudos movimientos imperceptibles, boca abajo, deslizándose, arrastrándose, avanzó sobre una de las puntas del promontorio hasta el extremo del acantilado. Una vez llegado, con las puntas de sus manos extendidas, apartó las matas de hierba y asomó su cabeza por encima del abismo.

Frente a él, casi al nivel del acantilado, en pleno mar, se alzaba una roca enorme, con más de veinte metros de altura, formando un colosal obelisco erguido a plomo sobre su amplia base de granito que se divisaba a ras del agua, y que ascendía enseguida hasta la cumbre como un diente de un gigantesco monstruo marino. Blanco como el acantilado, de un blanco gris y sucio, el espantoso monolito estaba estriado por líneas horizontales marcadas por el sílex y en las cuales se percibía el lento trabajo de los siglos acumulando unas sobre otras las capas calcáreas y las capas de guijarros.

A trechos, una fisura, una anfractuosidad, y luego, enseguida, un poco de tierra, hierba, unas hojas.

Y todo aquello era poderoso, sólido, formidable, con un aire de cosa indestructible contra la cual los asaltos furiosos de las olas y de las tempestades no podían prevalecer. Todo ello era definitivo, inmanente, grandioso, a pesar de la grandeza de la muralla de acantilados que lo dominaba; inmenso, a pesar de la inmensidad del espacio donde se erguía.

Las uñas de Beautrelet se hundían en el suelo como las garras de una bestia presta a saltar sobre su presa. Sus ojos penetraban en la capa rugosa de la roca, en su piel y hasta le parecía que en su carne. La tocaba, la palpaba, tomaba conocimiento y posesión de ella…

El horizonte se teñía de púrpura con todos los fuegos del sol ya desaparecido, y grandes nubes inflamadas, inmóviles en el cielo, formaban magníficos paisajes, lagunas irreales, llanuras en llamas, bosques de oro, lagos de sangre… toda una fastasmagoría ardiente y quieta.

El azul del cielo se ensombreció. Venus brillaba con un resplandor maravilloso… Luego se encendieron las estrellas aún tímidas.

Y Beautrelet, de pronto, cerró los ojos y apretó convulsivamente contra su frente sus brazos plegados. Allá abajo…
—¡oh!, creía morir de gozo, la emoción era a tal punto cruel, que estrujaba su corazón—, allá abajo, casi en lo alto de la Aguja de Étretat, por debajo de la punta extrema en torno a la cual revoloteaban las gaviotas, un ligero humo que rezumaba de una grieta, un ligero hilo de humo, subía en lentas espirales en el aire quieto del crepúsculo.

9

¡Sésamo, ábrete!

¡*L*a Aguja de Étretat es hueca!

¿Un fenómeno natural? ¿Una excavación producida por cataclismos internos o por el esfuerzo insensible del mar que hierve, de la lluvia que se filtra? ¿O bien una obra sobrehumana, ejecutada por humanos, celtas, galos, hombres prehistóricos? Preguntas sin respuesta. Pero ¿qué importaba? Lo esencial residía en esto: la aguja era hueca.

A cuarenta o cincuenta metros de aquel imponente arco llamado la Puerta de Aval y que se lanza desde lo alto del acantilado como una colosal rama de árbol, para criar raíces en las rocas submarinas, se yergue un cono calcáreo desmesurado, y ese cono no es más que un gorro de corteza puntiaguda colocado sobre el vacío.

¡Prodigiosa revelación! Después de Lupin, he aquí que Beautrelet descubría la clave del gran enigma, que se ha cernido sobre más de veinte siglos. Clave de una importancia suprema para quien la poseyera antaño, en las lejanas épocas en que las hordas de bárbaros cabalgaban por el viejo mundo. Clave mágica que abre la caverna ciclópea a las tribus en fuga. Clave misteriosa que otorga el poder y asegura la preponderancia.

Por haber conocido esa clave, César pudo dominar la Galia. Por haberla conocido, los normandos se impusieron al país y desde allí, más tarde, pegados a ese punto de apoyo, conquistaron Sicilia, conquistaron el Oriente, conquistaron el Nuevo Mundo.

Dueños del secreto, los reyes de Inglaterra dominaron a Francia, la humillaron, la desmembraron, se hicieron coronar reyes en París. Perdieron esa clave, y fue la derrota.

Dueño del secreto, los reyes de Francia engrandecieron el país, desbordaron los límites de sus dominios, fundaron la gran nación y resplandecieron de gloria y de poder... pero la olvidan o no saben emplearla, y entonces es la muerte, el exilio, la decadencia.

Un reino invisible, en el seno de las aguas y a diez brazas de la tierra... Una fortaleza ignorada, más alta que las torres de Notre-Dame y construida sobre una base de granito más amplia que una plaza pública... ¡Qué fuerza y qué seguridad! De París al mar por el Sena. Allí, El Havre, ciudad nueva, ciudad necesaria. Y a treinta tres kilómetros de allí, la aguja hueca, ¿no es acaso el asilo inexpugnable?

Es el asilo y es también el formidable escondrijo. Todos los tesoros de los reyes, engrosados de siglo en siglo, todo el oro de Francia, todo lo que se extrae del pueblo, todo lo que se arranca al clero, todo el botín recogido sobre los campos de batalla de Europa, está en la caverna real donde se amontona. Viejas monedas de oro, escudos relucientes, doblones, florines y guineas, y las piedras, los diamantes y todas las joyas... todo está allí. ¿Quién lo descubrirá? ¿Quién sabrá jamás el impenetrable secreto de la aguja? Nadie.

—Sí... alguien... Lupin.

Y Lupin se convierte en esa especie de ser verdaderamente desproporcionado que se conoce, ese milagro imposible de explicar mientras la verdad permanezca en la sombra. Por infinitos que sean los recursos de su genio, no pueden bastarle para la lucha que él sostiene contra la sociedad. Necesitaba otros que fueran más materiales. Es precisa la retirada segura, es precisa la certidumbre de la impunidad, la paz que permite la ejecución de los planes.

Sin la aguja hueca, Lupin es incomprensible, es un mito, un personaje de novela, sin relación con la realidad. Dueño del secreto, ¡y de qué secreto!, es un hombre como los otros, simplemente, pero que sabe manejar de manera superior el arma extraordinaria de que el destino le ha dotado.

Así pues, la aguja es hueca. Ese es un hecho indiscutible. Quedaba por saber cómo sería accesible.

Por el mar, evidentemente. Debía de haber por el lado de la costa alguna hendidura abordable para las barcas a ciertas horas de la marea. Pero ¿y por el lado de tierra?

Hasta la noche, Beautrelet permaneció suspendido sobre el abismo, con los ojos clavados en la masa de sombra que formaba la pirámide, pensando, meditando con todas las fuerzas de su espíritu.

Luego, bajó hacia Étretat, escogió un hotel, cenó, subió a su habitación y desplegó el documento.

Para él, ahora, el fijar su significado constituía un juego. Inmediatamente se dio cuenta de que las tres vocales de la palabra «Étretat» se encontraban en la primera línea en el orden y con los intervalos deseados. Esa primera línea se establecía ya así:

e.a.a..étretat

¿Qué palabras podían preceder a Étretat? Palabras, sin duda, que se referían a la situación de la aguja con relación a la aldea. No obstante, la aguja se alzaba a la izquierda, al oeste… Buscó, y recordando que los vientos del oeste se llamaban en la costa vientos de *aval* (abajo) inscribió:

En aval d'Étretat (Abajo de Étretat)

La segunda línea era la de la palabra *Demoiselles* (Señoritas) y comprobando inmediatamente, antes de esa palabra, la serie de todas las vocales que componían las palabras «*La chambre des*» (la cámara de las) anotó las dos frases:

En aval d'Étretat - La chambre des Demoiselles
(Abajo de Étretat - La cámara de las Señoritas)

Ya le costó más trabajo la tercera línea y solo después de haber tanteado, acordándose de la situación, no lejos de la cámara de las Señoritas, del castillo construido en el lugar del fuerte de Fréfossé, acabó por reconstruir así el documento:

En aval d'Étretat - La chambre des Demoiselles.
(Abajo de Étretat - La cámara de las Señoritas.)

Sous le fort de Fréfossé - Aiguille creuse.
(Bajo el fuerte de Fréfossé - Aguja hueca.)

Esas eran las cuatro grandes fórmulas. Por medio de ellas cabía dirigirse abajo de Étretat y entrar en la cámara de las Señoritas, se pasaba, según todas las probabilidades, bajo el fuerte de Fréfossé y se llegaba a la aguja.

¿Cómo? Por medio de las indicaciones y las medidas que formaban la cuarta línea:

$$D \quad \overline{DF} \quad \square \quad 19 \quad F + 44 \quad \triangleright \quad 357 \quad \triangle$$

Éstas constituían, evidentemente, las fórmulas más especiales destinadas a la búsqueda de la abertura por donde se penetraba en la aguja y del camino que conducía a ella.

Beautrelet supuso de inmediato —consecuencia lógica del documento— que si había realmente una comunicación directa entre la tierra y el obelisco, el subterráneo debía de arrancar de la cámara de las Señoritas, pasar bajo el fuerte de Fréfossé, bajar perpendicularmente los cien metros del acantilado y por un túnel abierto bajo las rocas del mar desembocar en la Aguja hueca.

¿Y la entrada del subterráneo? ¿No eran acaso las dos letras D y F, tan claramente recortadas, las que la designaban, las que hacían entrega de ella, quizá también gracias a algún mecanismo ingenioso?

Durante toda la mañana del día siguiente, Isidore vagó por Étretat y charló con unos y con otros para tratar de recoger algún informe útil. Finalmente, por la tarde, subió al acantilado. Disfrazado de marinero resultaba rejuvenecido y tenía el aspecto de un mozalbete de doce años con su pantalón demasiado corto y su jersey.

Apenas entró en la gruta se arrodilló delante de las letras. Le esperaba una decepción. De nada le valió el golpear sobre ellas, empujarlas, manipularlas en todos sentidos. No se movían. Y entonces se dio cuenta de que realmente no podían moverse y, en consecuencia, no eran la clave de ningún mecanismo. Sin embargo… sin embargo, tenían algún significado. Con arreglo a informaciones recogidas por él en la aldea, resultaba que nadie había podido explicarse jamás la presencia de esas letras, y que el padre Cochet, en su precioso libro sobre Étretat* se había inclinado en vano sobre ese jeroglífico.

Repentinamente se le ocurrió una idea. Y era tan racional, tan sencilla, que no dudó ni un segundo de su exactitud. ¿Aquella D y aquella F no eran las iniciales de dos de las palabras más importantes del documento? De aquellas pala-

---

* *Los orígenes de Étretat.* A fin de cuentas, el padre Cochet pareció llegar a la conclusión de que las dos letras eran las iniciales de un campesino. Las revelaciones que nosotros aportarnos aquí demuestran el error de semejante suposición.

bras que representaban —con la Aguja— las paradas esenciales del camino a seguir la cámara de las Demoiselles (señoritas) y el fuerte de Fréfossé. Había en esto una relación demasiado extraña para que constituyera una casualidad.

En ese caso, el problema se planteaba así: el grupo DF representaba la relación que existe entre la cámara de las Demoiselles (señoritas) y el fuerte de Fréfossé; la letra D aislada que comenzaba la línea representaba las Demoiselles, es decir, la gruta donde era preciso situarse en primer lugar, y la letra F aislada, colocada en medio de la línea, representaba Fréfossé, es decir, la entrada probable del subterráneo.

Entre aquellos diversos signos quedaban dos: una especie de rectángulo desigual, marcado por un trazo del lado izquierdo y abajo, y la cifra 19, signos que, con toda seguridad, indicaban a aquellos que se encontraban en la gruta el medio de penetrar bajo el fuerte.

La forma de ese rectángulo intrigaba a Isidore. ¿Había alrededor suyo, sobre los muros, o cuando menos al alcance de la vista, alguna inscripción, alguna cosa que tuviera la forma rectangular?

Buscó durante largo rato y estaba a punto de abandonar el intento cuando sus ojos tropezaron con una pequeña abertura perforada en la roca, que era como la ventana de la cámara. Y precisamente los bordes de esa abertura dibujaban un rectángulo, rugoso, desigual, burdo, pero, no obstante, un rectángulo. E inmediatamente Beautrelet comprobó que colocando los dos pies sobre la D y sobre la F grabadas en el suelo —y así lo explicaba la línea que coronaba las dos letras del documento—, uno se encontraba a la altura de la ventana.

Se colocó en esa posición y miró. Como ya dijimos, la ventana estaba dirigida hacia tierra firme y por ella se veía en primer lugar el sendero que ligaba la gruta a tierra, y luego se divisaba la propia base del montículo sobre la cual se levantaba el fuerte. Para tratar de ver el fuerte, Beautrelet se inclinó hacia la izquierda, y fue entonces cuando comprendió el significado del trazo redondeado, de la coma que marcaba el documento abajo a la izquierda: porque abajo, a la izquierda de la ventana, un trozo de sílex formaba un saliente, y la extremidad de ese trozo se curvaba como una garra. Se hubiera dicho que se trataba de un verdadero punto de mira. Y si se aplicaba el ojo a ese punto de mira, la visión recortaba sobre la pendiente del montículo opuesto una especie de terreno bastante limitado y casi enteramente ocupado por un viejo muro de ladrillo, vestigio del antiguo fuerte o del antiguo *oppidum* romano construido en ese lugar.

Beautrelet corrió hacia el lienzo de muro, que tenía aproximadamente una longitud de diez metros y cuya superficie estaba tapizada de hierbas y de plantas. No descubrió ningún indicio.

Pero ¿y la cifra 19?

Regresó a la gruta, sacó de su bolsillo un ovillo de cordel y un metro de tela de que se había provisto, anudó el cordel al ángulo de sílex, ató una piedra al cabo de 19 metros de cordel y la arrojó. La piedra alcanzó apenas el extremo del sendero.

«Soy un idiota por triplicado —pensó Beautrelet—. ¿Es que acaso se contaba por metros en esa época? Diecinueve significa diecinueve toesas o no significa nada.»

Una vez que efectuó el cálculo correspondiente contó treinta y siete metros en el cordel, hizo un nudo para marcarlos y a tientas buscó sobre el lienzo de pared el punto exacto donde el nudo formado por los treinta y siete metros desde la ventana de las Señoritas tocaba el muro de Fréfossé. Después de unos instantes quedó establecido ese punto de contacto. Con la mano que tenía libre apartó las hojas de barbasco crecidas entre los resquicios del muro.

Lanzó un grito. El nudo que él mantenía apoyado con la punta de su índice estaba colocado sobre el centro de una pequeña cruz esculpida en relieve sobre el ladrillo.

Y en el documento, el signo que seguía a la cifra 19 era también una cruz.

Precisó de toda su fuerza de voluntad para dominar la emoción que le invadía Presurosamente, con los dedos crispados, cogió la cruz y, al propio tiempo que calcaba sobre ella, la hizo girar como si se tratara de los radios de una rueda. El ladrillo osciló. Redobló sus esfuerzos, pero el ladrillo ya no se movió. Entonces, sin hacerlo girar más, apretó más fuerte. Sintió inmediatamente que cedía. Y de pronto se produjo como un desprendimiento, un ruido de cerradura que se abre; y a la derecha del ladrillo, en un espacio de un metro, el lienzo de muro giró sobre sus goznes y descubrió la abertura de un subterráneo.

Como un loco, Beautrelet agarró la puerta de hierro en la cual los ladrillos estaban empotrados, tiró de ella violentamente y la cerró. El asombro, la alegría, quizá el miedo de ser sorprendido convulsionaban su rostro. Tuvo la visión desconcertante de todo cuanto había ocurrido allí, delante de aquella puerta, desde hacía veinte siglos... de todos los personajes conocedores del gran secreto que habían penetrado por aquella puerta... celtas, galos, romanos, normandos, ingleses, franceses, barones, duques, reyes, y después de todos ellos, Arsène Lupin... y después de Lupin, él, Beautrelet... Sintió como si su cerebro se le esfumara. Sus párpados aletearon. Cayó desvanecido y rodó hasta el fondo de la rampa, al borde del precipicio.

Su tarea había terminado... cuando menos la tarea que podría realizar solo, con los únicos recursos de que disponía.

Por la noche le escribió al jefe de Seguridad una larga carta en la que le informaba fielmente de los resultados de su investigación y le entregaba así el secreto de la Aguja hueca. Le pedía ayuda para acabar su obra.

Mientras esperaba la respuesta pasó dos noches consecutivas en la cámara de las Señoritas. Las pasó transido de miedo, con los nervios sacudidos por un espanto que exasperaban todavía más los ruidos nocturnos… A cada instante creía ver sombras que avanzaban hacia él. Se sabía de su presencia en la gruta… venían… lo degollarían… Pero, no obstante, su mirada, desesperadamente fija, con toda su voluntad, se aferraba al lienzo de muro.

La primera noche nada se movió. Pero la segunda, a la claridad de las estrellas y de un ligero resplandor de la luna creciente, vio que la puerta se abría y que penetraban unas siluetas. Contó dos, tres, cuatro, cinco…

Le pareció que aquellos hombres llevaban consigo paquetes voluminosos. Siguieron por los campos hasta la carretera de El Havre y pudo distinguir el ruido de un automóvil que se alejaba.

Volvió sobre sus pasos y rodeó una extensa granja. Pero en la vuelta del camino que la bordeaba apenas tuvo tiempo de escalar un talud y esconderse detrás de los árboles. Otros dos hombres más pasaban cargados de paquetes. Y dos minutos después oyó el roncar del motor de otro automóvil. Esta vez ya no tuvo valor para regresar a su puesto y se fue a su alojamiento a dormir.

Cuando se despertó, el mozo del hotel le llevó una tarjeta. La abrió. Era la esperada tarjeta de visita de Ganimard.

«Al fin», exclamó Beautrelet, que verdaderamente experimentaba la necesidad de ayuda después de una campaña tan dura.

Cuando Ganimard entró, el joven se precipitó hacia él con las manos extendidas. Ganimard se las estrechó y le dijo:

—Es usted un valiente, hijo mío.

—¡Bah! —respondió él—. La casualidad me ayudó.

—Con él no hay casualidad que valga —afirmó el inspector, que hablaba siempre de Lupin con aire solemne y sin pronunciar su nombre.

Se sentó.

—Entonces, ¿ya lo tenemos?

—Cuando menos ya sabemos su guarida, su castillo, lo que en resumen equivale a que Lupin es Lupin. Él puede escaparse. Pero la Aguja de Étretat no puede hacerlo.

—¿Por qué supone usted que él escapará? —preguntó Ganimard, inquieto.

—¿Y por qué supone usted que él tenga necesidad de escapar? —respondió a su vez preguntando Beautrelet—. Nada prueba que él se encuentre actualmente en la Aguja. Esta noche salieron de allí once de sus cómplices. Quizá entre esos once iba él mismo.

Ganimard reflexionó.

—Tiene usted razón. Lo esencial es la Aguja hueca. Para lo demás esperemos que la suerte nos favorezca. Y ahora hablemos.

Adoptó de nuevo su tono grave, su aire de importancia convencida, y manifestó:

—Mi querido Beautrelet, tengo orden de recomendarle, a propósito de este asunto, la más absoluta discreción.

—Y esa orden ¿de quién es? —replicó Beautrelet, bromeando—. ¿Del prefecto de policía?

—De más arriba.

—¿Del presidente del Consejo?

—De más arriba.

—¡Caray!

Ganimard bajó la voz y añadió:

—Beautrelet, vengo del palacio del Elíseo. Se considera este asunto como un secreto de Estado y de una extrema gravedad. Hay serias razones para que se mantenga secreta esta ciudadela invisible… razones estratégicas sobre todo… Este puede convertirse en un centro de aprovisionamiento, un almacén de pólvoras nuevas, de proyectiles recientemente inventados, ¿qué sé yo?, en el arsenal desconocido de Francia.

—Pero ¿cómo esperan guardar este secreto? Antaño lo poseía un solo hombre: el rey. Hoy ya somos varios los que lo sabemos, sin contar la banda de Lupin.

—Bien. Pero aunque solo se lograran diez años de silencio... cinco años... esos cinco años serían la salvación...

—Pero para apoderarse de esta ciudadela, de este futuro arsenal, es preciso ante todo atacarlo, es preciso desalojar de allí a Lupin. Y todo eso no se hará sin ruido.

—Evidentemente, se sospechará algo, pero no se sabrá nada.

—Sea. ¿Cuál es su plan?

—En dos palabras, helo aquí. En primer lugar, usted no es Isidore Beautrelet y tampoco se trata ya de Arsène Lupin. Usted es y seguirá siendo un mozalbete de Étretat que vagando ha sorprendido a unos individuos que salían de un subterráneo. Y usted da por supuesta la existencia de una escalera que perfora el acantilado.

—Sí, hay varias de esas escaleras a lo largo de la costa. Mire, muy cerca me han indicado, frente a Bénouville, la llamada Escalera del Cura, conocida de todos los bañistas.

Entonces, la mitad de mis hombres y yo seguiremos guiados por usted. Yo entro solo o acompañado, esto queda por ver. De todas maneras, el ataque tendrá lugar por allí. Si Lupin no se encuentra en la Aguja, nosotros estableceremos allí una ratonera en la que un día cualquiera él quedará apresado. Y si efectivamente está allí...

—Si está allí, señor Ganimard, se escapará de la Aguja por la cara posterior de aquella, la que mira al mar.

—En ese caso será inmediatamente detenido por la otra mitad de mis hombres.

—Sí; pero en el caso de que, cual yo me supongo, usted ha escogido el momento en que el mar está retirado dejando al descubierto la base de la Aguja, la caza será pública, puesto que tendrá lugar delante de todos los pescadores y pescadoras de mejillones, camarones y mariscos que abundan entre las rocas.

—Eso es por lo que escogeré exactamente la hora en que la marea esté alta.

—En ese caso huirá en una barca.

—Pero como yo tendré allí media docena de barcas de pesca, cada una de las cuales estará mandada por uno de mis hombres, será detenido.

—Siempre que no pase por entre sus barcas como pasa un pez por entre las mallas de una red.

—Sea, pero, entonces, lo hago hundir al fondo del mar.

—¡Diablo! ¿Con cañones?

—¡Dios santo, sí! En este momento se encuentra en el Havre un torpedero. A una llamada telefónica mía desde aquí se encontrará a la hora convenida en las inmediaciones de la Aguja.

—¡Qué orgulloso se sentirá Lupin! Un torpedero… Vamos, ya veo, señor Ganimard, que usted lo tiene todo previsto. Ya no queda más que ponerse en marcha. ¿Cuándo nos lanzamos al asalto?

—Mañana. En pleno día, con la marea creciente, a eso de las diez.

Bajo una apariencia de alegría, Beautrelet ocultaba una real angustia. Hasta el día siguiente no se durmió, agitado por las ideas de los planes más irrealizables. Ganimard se había separado de él para dirigirse a una docena de kilómetros de Étretat, a Yport, donde, por prudencia, había dado cita a sus hombres, y donde fletó doce barcas de pesca con objeto, hizo saber, de realizar sondeos a lo largo de la costa.

A las nueve y tres cuartos, escoltado por doce hombretones, acudió a encontrarse con Beautrelet al fondo del camino que sube sobre el acantilado. A las diez exactamente llegaban ante el lienzo de pared. Era, pues, esta vez, el momento decisivo.

—¿Qué es lo que te ocurre, Beautrelet? Estás verde —le dijo en broma Ganimard, tuteando al joven a modo de burla.

—Y usted, señor Ganimard —respondió Beautrelet—, se diría que ha llegado su última hora.

Tuvieron que sentarse, y Ganimard tomó unos tragos de ron.

—No es el miedo —dijo—; pero, ¡caray!, qué emoción. Cada vez que tengo que tratar de agarrarlo, siento esto en las entrañas. Y ahora, abran. No hay peligro de que nos vean, ¿eh?

—No. La Aguja está más baja que el acantilado, y además nos encontramos en un repliegue del terreno.

Beautrelet se acercó a la pared y maniobró en el ladrillo. Se produjo el desprendimiento y apareció la entrada al subterráneo. A la luz de las linternas vieron que el túnel estaba perforado en forma de bóveda y que aquella bóveda, lo mismo, por lo demás, que el propio suelo, era enteramente de ladrillos.

Avanzaron durante algunos segundos y de pronto surgió una escalera. Beautrelet contó cuarenta y cinco peldaños de ladrillo, los cuales estaban desgastados en el medio por la acción lenta de los pasos.

—¡Rayos y truenos! —juró Ganimard, que iba en cabeza y que se detuvo súbitamente como si hubiera tropezado con alguna cosa.

—¿Qué ocurre?

—Una puerta.

—¡Diablos! —murmuró Beautrelet al verla—. Y no va a ser fácil echarla abajo. Es simplemente un bloque de hierro.

—Estamos fastidiados —dijo Ganimard—. Ni siquiera tiene cerrojo.

—Todas las puertas están hechas para abrirlas, y si esta no tiene cerrojo es que hay un mecanismo secreto para abrirla.

—¿Y cómo averiguamos el secreto?

—Yo voy a averiguarlo.

—¿Por qué medio?

—Por medio del documento. La cuarta línea no tiene otra razón de ser que el resolver las dificultades en el momento en que se presentan. Y la solución es fácil, puesto que está escrita no para despistar, sino para ayudar a aquellos que la buscan.

—¡Fácil! No estoy de acuerdo con usted —exclamó Ganimard, extendiendo el documento—. El número cuarenta y cuatro es un triángulo marcado con un punto a la izquierda, y esto resulta más bien oscuro.

—Pero no, no. Examine la puerta. Entonces verá que está reforzada en los cuatro ángulos por placas de hierro en forma triangular y que esas placas están sostenidas por gruesos clavos. Tome usted la placa de la izquierda, al fondo, y haga funcionar el clavo que está en el ángulo… Hay nueve posibilidades contra una de que acertemos.

—Le tocó a usted la décima posibilidad —dijo Ganimard después de haber probado.

—Entonces es que la cifra cuarenta y cuatro…

En voz baja, reflexionando, Beautrelet continuó:

—Veamos… Ganimard y yo nos encontramos los dos en el último peldaño de la escalera… y hay cuarenta y cinco… Coincidencia, ¿no?… En todo este asunto no hay nunca una coincidencia, cuando menos voluntaria. Ganimard, tenga la bondad de retroceder un peldaño… Eso es, y no se salga del peldaño cuarenta y cuatro. Y ahora yo hago funcionar el clavo de hierro. Y la aldabilla cruje…

En efecto, la pesada puerta giró sobre sus goznes. Y ante sus miradas apareció una cueva bastante espaciosa.

—Debemos de estar exactamente debajo del fuerte de Fréfossé —dijo Beautrelet—. Ahora las capas de tierra ya han sido atravesadas. Los ladrillos ya se acabaron. Estamos en plena masa calcárea.

La sala estaba profusamente iluminada por un chorro de luz proveniente del otro extremo. Al acercarse vieron que era una hendidura en el acantilado, abierta en un saledizo de la pared y que formaba como una especie de observatorio. Frente a ellos, a cincuenta metros, surgiendo de las olas, el bloque impresionante de la Aguja. A la derecha, muy cerca, estaba el arbotante de la puerta de Aval (abajo), y a la izquierda, muy lejos, cerrando la curva armoniosa de una vasta ensenada, otro arco, más imponente todavía, se recortaba en el acantilado. Era la Manneporte (*magna porta*), tan grande que hubiera podido pasar por ella un navío, con sus mástiles erguidos y todas las velas desplegadas. En el fondo, por doquier, el mar.

—No veo nuestra flotilla —dijo Beautrelet.

—Imposible —respondió Ganimard—. La puerta de Aval nos oculta toda la costa de Étretat y de Yport. Pero mire allá abajo, sobre la costa, aquella línea negra a ras del agua…

—¿Y qué?…

—Pues que es nuestra flotilla de guerra, el torpedero número veinticinco. Con eso, Lupin solo puede escaparse… si está dispuesto a ir a conocer cómo son los paisajes submarinos.

Una rampa señalaba el orificio de la escalera cerca de la hendidura. Siguieron por ella. De cuando en cuando, una pequeña ventana perforaba la pared, y cada vez que eso ocurría divisaban la Aguja, cuya masa les parecía más y más colosal. Un poco antes de llegar al nivel del agua, las ventanas ya no volvieron a aparecer, y fue la oscuridad lo que surgió.

Isidore contaba los peldaños en voz alta. Cuando llegó al trescientos cincuenta y ocho, desembocaron en un pasillo más ancho que también estaba cerrado por otra puerta de hierro, reforzada de planchas y clavos.

—Ya conocemos esto —dijo Beautrelet—. El documento nos indica el número trescientos cincuenta y siete y un triángulo punteado a la derecha. No tenemos más que volver a comenzar la operación.

La segunda puerta se abrió como la primera. Apareció un túnel muy largo, iluminado por la viva luz de linternas suspendidas de la bóveda. Los muros rezumaban humedad y las gotas caían al suelo, de modo que de un extremo a otro se había instalado, para facilitar el paso, una verdadera acera de tablas.

—Estamos pasando bajo el mar —dijo Beautrelet—. ¿Viene usted, Ganimard?

El inspector se aventuró por el túnel, siguió la pasarela de madera y se detuvo delante de una linterna, y la descolgó, diciendo:

—Estos utensilios datan quizá de la Edad Media, pero la forma de alumbrado es moderna. Estos señores se alumbran con camisas de mecheros de gas.

Prosiguió el camino. El túnel desembocaba en otra gruta más espaciosa, donde se divisaban al frente los primeros peldaños de una escalera ascendente.

—Ahora empieza el ascenso de la Aguja —dijo Ganimard—. Esto ya es más grave.

Pero uno de sus hombres lo llamó:

—Jefe, hay allí otra escalera, a la izquierda.

E inmediatamente después descubrieron otra tercera escalera a la derecha.

—¡Diablos! —murmuró el inspector—. La situación se complica. Si vamos por aquí, se largarán por allá.

—Dividámonos —propuso Beautrelet.

—No, no... Eso sería debilitarnos... Es preciso que uno de nosotros vaya de exploración.

—Iré yo, si usted quiere...

—Sí, usted, Beautrelet. Vaya. Yo quedaré con mis hombres... Así no habrá nada que temer. Puede haber también otros caminos además del que nosotros hemos seguido por el acantilado, y también varios caminos dentro de la Aguja. Pero a buen seguro, entre el acantilado y la Aguja no hay más comunicación que el túnel. Por consiguiente, es preciso pasar por esta gruta. Así pues, me instalo aquí hasta que usted regrese. Vaya, Beautrelet… y prudencia… A la menor, alarma, llame…

Rápidamente, Isidore desapareció por la escalera de en medio. En el peldaño treinta le cerró el paso una puerta. Echó mano al pomo de la cerradura y lo hizo girar. La puerta no estaba cerrada.

Penetró en una sala que le pareció muy baja, tan enorme era. Iluminada por lámparas y sostenida por recios pilares, por entre los cuales se abrían profundas perspectivas, aquella sala debía de tener las mismas dimensiones de la Aguja. Estaba llena de cajas y de una multitud de objetos, muebles, sillas, arcas, aparadores, cofres, todo en confusión cual se ve en los sótanos de los comerciantes de antigüedades. A derecha e izquierda, Beautrelet divisó el orificio de dos escaleras que correspondían, sin duda alguna, a las mismas que arrancaban de la gruta inferior. Tendría entonces que volver a bajar para avisar a Ganimard. Pero frente a él vio otra nueva escalera ascendente, y entonces prosiguió solo sus investigaciones.

Todavía treinta peldaños más. Una puerta, luego una sala menos vasta. Y siempre, enfrente, una escalera ascendente.

Otros treinta peldaños más. Otra puerta. Y una sala más pequeña…

Beautrelet comprendió el plano de las obras ejecutadas en el interior de la Aguja. Era una serie de salas superpuestas y, en consecuencia, cada vez más reducidas. Todas servían de almacenes.

En la cuarta ya no había rampa. Algo de la luz del día se filtraba por las hendiduras, y Beautrelet pudo divisar el mar a una docena de metros por debajo de él.

En ese instante se sintió tan alejado de Ganimard que lo invadió cierta angustia y tuvo necesidad de dominar sus nervios para no echar a correr con todas sus fuerzas. Sin embargo, no le amenazaba ningún peligro. E incluso en torno a él reinaba tal silencio, que se preguntaba si la Aguja entera no habría sido abandonada.

«En el último piso me detendré», se dijo.

Treinta peldaños más, como siempre, y luego una puerta, esta más ligera y de aspecto más moderno. La empujó dispuesto a huir. Nadie. Pero esta sala difería de las otras como un punto final. En las paredes, tapices; en el suelo, alfombras. Dos aparadores magníficos hacían juego cargados de orfebrería. Las pequeñas ventanas abiertas en las hendiduras estrechas y profundas estaban provistas de cristales.

En medio de la estancia había una mesa ricamente servida con un mantel de encaje, compoteras con frutas y pastelería, botellas de champán y flores… montones de flores.

En torno a la mesa tres cubiertos.

Beautrelet se acercó. Sobre las servilletas había tarjetas con los nombres de los invitados.

Primero leyó: «Arsène Lupin».

Enfrente: «Señora de Arsène Lupin».

Tomó la tercera tarjeta y tuvo un sobresalto de asombro. Esta llevaba su nombre: «Isidore Beautrelet».

10

El tesoro de los reyes de Francia

*U*na cortina se descorrió.

—Buenos días, mi querido Beautrelet. Llega usted con un poco de retraso. El almuerzo estaba fijado para el mediodía. Pero, en fin… son solo unos minutos más tarde… ¿Qué hay de nuevo? ¿No me reconoce usted? ¿Tanto he cambiado?

En el curso de su lucha contra Lupin, Beautrelet había recibido muchas sorpresas, y todavía esperaba, a la hora del desenlace, recibir muchas emociones, pero esta vez el choque fue completamente imprevisto. No era asombro lo que experimentaba, era estupor, espanto.

El hombre a quien tenía frente a sí, el hombre a quien la fuerza brutal de los acontecimientos le obligaba a considerar como Arsène Lupin, aquel hombre era Valméras, el propietario del castillo de la Aguja. Valméras, aquel mismo al cual él había pedido auxilio contra Arsène Lupin. Valméras, su compañero de expedición a Crozant. Valméras, el valiente amigo que había hecho posible la evasión de Raymonde al golpear, o fingir que golpeaba, en las sombras del vestíbulo a un cómplice de Lupin.

—¡Usted!… Pero ¡es usted! —balbució Beautrelet.

—¿Y por qué no? —exclamó Lupin—. ¿Creía usted, pues, conocerme definitivamente porque me había visto bajo el aspecto de un sacerdote o bajo el aspecto del señor Massiban? Pero, ¡ay!, cuando se ha escogido la situación social que yo ocupo es preciso servirse de los propios talentos de hombre de sociedad. Si Lupin no pudiera ser, a su capricho, pastor de la Iglesia reformista y miembro de la Academia de Inscripciones, entonces sería cosa de desesperar de ser Lupin. No obstante, Lupin, el verdadero Lupin, helo aquí, Beautrelet. Míralo con los ojos bien abiertos, Beautrelet...

—Pero entonces... si es usted... entonces... la señorita...

—Sí, Beautrelet, tú lo has dicho...

Apartó de nuevo la cortina, hizo una señal y anunció:

—La señora de Arsène Lupin.

—¡Ah! —murmuró el joven, confundido a pesar de todo—. ¡La señorita De Saint-Véran!

—No, no —protestó Lupin—. La señora de Arsène Lupin, o, más bien, si usted lo prefiere; la señora de Louis Valméras, mi esposa en justas bodas. Y gracias a usted, mi querido Beautrelet.

Le tendió la mano.

—Mis mayores agradecimientos... y espero que sin rencor por su parte.

Cosa extraña, Beautrelet no experimentaba rencor alguno. Ningún sentimiento de humillación, ninguna amargura. Sentía tan vigorosamente la superioridad de su adversario, que ni siquiera enrojecía por el hecho de haber sido vencido por él. Estrechó la mano que Lupin le ofrecía.

—La comida está servida.

Un criado había depositado sobre la mesa una bandeja repleta de viandas.

—Me perdonará usted, Beautrelet. Mi cocinero está ausente con permiso y nos vemos obligados a comer manjares fríos.

Beautrelet no sentía gana alguna de comer. Sin embargo, se sentó extraordinariamente interesado por la actitud de Lupin. ¿Qué sabía él exactamente? ¿Se daría cuenta del peligro que corría? ¿Ignoraría la presencia de Ganimard y sus hombres?… Y Lupin continuó.

—Sí, gracias a usted, mi querido amigo. Ciertamente, Raymonde y yo nos amamos desde el primer día. Magnífico, amigo mío… El secuestro de Raymonde, su cautiverio, todo eso fueron bromas: nosotros nos amábamos… Pero ni ella ni yo, por lo demás, podíamos admitir que se estableciera entre nosotros uno de esos lazos pasajeros que están a merced del azar. La situación resultaba entonces insoluble para Lupin. Pero no lo sería si yo me transformaba en Louis Valméras. Fue entonces cuando tuve la idea, porque usted no soltaba prenda y había encontrado el castillo de la Aguja, de aprovecharme de su obstinación.

—Y de mi ingenuidad.

—¡Bah! ¿Quién no hubiera caído en lo mismo?

—¿De modo que fue a cubierto de mí, con mi apoyo, que usted triunfó?

—¿Quién iba a sospechar que Valméras era Lupin, puesto que Valméras era amigo de Beautrelet y Valméras acababa de arrancarle a Lupin a aquella a quien Lupin amaba? Resultó encantador. ¡Oh, qué hermosos recuerdos! ¡La expedición de Crozant! ¡Los ramos de flores encontrados! ¡Mi supuesta carta de amor a Raymonde! Y más tarde, las precauciones que yo, Valméras, tuve que tomar contra mí, Lupin, antes de mi matrimonio. ¡Y la noche del banquete de usted, cuando usted se desvaneció en mis brazos! ¡Qué hermosos recuerdos!…

Se produjo un silencio. Beautrelet observaba a Raymonde. Esta escuchaba a Lupin sin decir nada. Lo contemplaba con ojos en los que había amor, pasión y otra cosa también que el joven no hubiera podido definir… una especie de tortura inquieta y como una confusa tristeza. Pero Lupin volvió los ojos hacia ella y esta sonrió tiernamente. Por encima de la mesa, sus manos se enlazaron.

—¿Qué te parece mi pequeña habitación, Beautrelet? —exclamó Lupin—. Tiene buen aspecto, ¿no es así? No pretendo en absoluto que sea lo más moderno y cómodo... Sin embargo, hay algunos que se han sentido satisfechos con esto, y no eran de los más modestos... Mira la lista de algunos personajes propietarios de la Aguja y que tuvieron a honra dejar aquí la huella de su paso.

Sobre las paredes figuraban grabados estos nombres: César, Carlomagno, Roll, Guillermo el Conquistador, Ricardo, rey de Inglaterra, Luis XI, Francisco I, Enrique IV, Luis XIV, Arsène Lupin.

—¿Quién se inscribirá de ahora en adelante? —prosiguió—. ¡Ay!, la lista ya está cerrada. De César a Lupin, y eso es todo. Muy pronto será la multitud anónima la que vendrá a visitar esta extraña ciudadela. ¡Y decir que sin Lupin todo esto hubiera permanecido ignorado por siempre jamás para los hombres! ¡Ah, Beautrelet, el día que yo puse los pies sobre este suelo abandonado, qué sensación de orgullo experimenté! Encontrar el secreto perdido y convertirme en amo de él, en su único amo. Recibir tamaña herencia. Después de tantos reyes, vivir en la Aguja...

Un gesto de su esposa lo interrumpió. Parecía muy agitada.

—Se oye ruido... ruido debajo de nosotros... ¿Lo oyes?...

—Es el chapoteo del agua —dijo Lupin.

—No... no... El ruido de las olas lo conozco... Es otra cosa...

—¿Qué quieres que sea, querida mía? —respondió Lupin, riendo—. Yo no he invitado a almorzar más que a Beautrelet.

Y dirigiéndose al criado añadió:

—Charolais, ¿cerraste las puertas de la escalera después que entró el señor?

—Sí, les eché el cerrojo.

Lupin se levantó y dijo:

—Vamos, Raymonde, no tiembles así… Estás completamente pálida.

Le dijo unas palabras en voz baja, lo mismo que al criado, levantó las cortinas y los hizo salir a ambos.

Abajo el ruido era ahora más pronunciado. Eran unos golpes sordos que se repetían a intervalos iguales. Beautrelet pensó: «Ganimard ha perdido la paciencia y está rompiendo las puertas».

Con absoluta calma y cual si verdaderamente no hubiera oído los golpes, Lupin prosiguió:

—Por ejemplo, la Aguja estaba muy deteriorada cuando yo logré descubrirla. Bien se veía que nadie había poseído el secreto desde hacía un siglo… desde Luis XVI y la Revolución. El túnel amenazaba ruina. Las escaleras se estaban haciendo polvo. El agua se filtraba al interior. Tuve que apuntalar, consolidar, reconstruir.

Beautrelet no pudo menos que decir.

—¿Y a su llegada esto estaba vacío?

—Casi. Los reyes no debieron seguramente utilizar la Aguja conforme yo lo he hecho, como depósito…

—Y entonces, ¿como refugio?…

—Sí, sin duda, en los tiempos de invasiones e igualmente en las épocas de guerras civiles. Pero su verdadero destino fue… ¿cómo diría yo?, el de caja fuerte de los reyes de Francia.

Los golpes se redoblaban, ahora ya menos sordos. Ganimard había roto, sin duda, la primera puerta y estaba dedicado a atacar la segunda.

Hubo un silencio y luego se escucharon otros golpes ya más cercanos. Era la tercera puerta. Quedaban todavía dos.

Por una de las ventanas, Beautrelet divisó las barcas amarradas alrededor de la Aguja, y, no lejos de ellas, flotando como un gigantesco pez negro, el torpedero.

—¡Qué estrépito! —exclamó Lupin—. No oímos nuestra conversación. Subamos, ¿quieres? Quizá te interese visitar aquello.

Pasaron al piso superior, el cual estaba defendido, como los otros, por una puerta que Lupin cerró tras él.

—Este es mi museo de cuadros —dijo.

Los muros estaban cubiertos de telas, en las cuales Beautrelet leyó enseguida las firmas más ilustres. Había allí *La Virgen y el Agnus Dei*, de Rafael; el *Retrato de Lucrecia di Baccio del Fede*, de Andrea del Sarto; la *Salomé* de Ticiano, *La Virgen y los Ángeles*, de Botticelli, así como también Tintorettos, Carpaccios, etcétera.

—¡Qué hermosas copias! —comentó aprobadoramente Beautrelet. Lupin lo miró con aire estupefacto y contestó:

—¿Cómo copias! ¿Estás loco? Querido mío, las copias están en Madrid, en Florencia, en Venecia, en Múnich, en Amsterdam…

—¿Cómo puede ser eso?

—Porque las telas originales, coleccionadas pacientemente en todos los museos de Europa, las he reemplazado yo honradamente por excelentes copias.

—Pero un día u otro…

—¿Que un día u otro será descubierto el fraude? Pues bien, entonces encontrarán mi firma en cada una de las telas, al dorso, y se sabrá que fui yo quien doté a mi país de obras maestras originales. Después de todo, yo no he hecho más que lo que Napoleón hizo en Italia… ¡Ah!, mira, Beautrelet, aquí están los Rubens del señor De Gesvres…

Los golpes no cesaban de oírse en la cumbre de la Aguja.

—Esto ya es insoportable —dijo Lupin—. Subamos todavía más. Una nueva escalera. Una nueva puerta.

—Esta es la sala de los tapices —anunció Lupin.

Los tapices no estaban colgados, sino enrollados, atados con cordel, provistos de etiquetas y mezclados con paquetes de telas antiguas que Lupin desplegó. Se trataba de brocados maravillosos, de terciopelos admirables, de sedas ligeras de tonos pálidos, tisús de oro…

Subieron todavía más, y Beautrelet contempló entonces la sala de los relojes y de los péndulos, la sala de los libros —¡oh, aquellas magníficas encuadernaciones, y qué preciosos volúmenes!—, la sala de los bordados y la de objetos diversos…

Y cada vez que subían más, el círculo de la sala iba disminuyendo. Y cada vez también el ruido de los golpes se alejaba. Ganimard perdía terreno.

—Y la última —dijo Lupin— es la sala del tesoro.

Esta sala era completamente diferente. Redonda también, pero muy alta y de forma cónica, ocupaba la cima del edificio, y su base debía de encontrarse a quince o veinte metros de la punta extrema de la Aguja.

Por el lado del acantilado no había ventana alguna. Pero por el lado del mar, como no era de temer ninguna mirada indiscreta, se abrían dos huecos de ventanas con cristales, por donde penetraba la luz abundantemente. El suelo estaba cubierto por un suelo hecho de maderas raras y preciosas, con dibujos concéntricos. A lo largo de las paredes se veían vitrinas y algunos cuadros.

—Son perlas de mis colecciones —dijo Lupin—. Todo cuanto has visto hasta ahora está a la venta. Unos objetos se van y otros vienen. Es el oficio. Pero aquí, en este santuario, todo es sagrado. Mira estas joyas, Beautrelet. Amuletos caldeos, collares egipcios, brazaletes celtas… Mira estas estatuillas, Beautrelet, esta Venus griega, este Apolo de Corinto… Mira estas Tanagras, Beautrelet. Fuera de esta vitrina no existe un solo ejemplar en el mundo que sea auténtico. ¡Qué gozo en poder decirme eso! Beautrelet, ¿recuerdas los saqueadores de iglesias del Midi, la banda de Thomas? Eran agentes míos, en verdad sea dicho. Pues bien: aquí está la

Caza de Ambazac, la verdadera, Beautrelet. ¿Recuerdas el escándalo del Louvre, la tiara que resultó falsa?… Aquí está la tiara de Saitafernes, la verdadera, Beautrelet. Y he aquí la maravilla de las maravillas, la obra suprema, el pensamiento de un dios… Aquí está *La Gioconda,* la verdadera. ¡Ponte de rodillas, Beautrelet!

Hubo un silencio entre ellos. Abajo, los golpes volvían a acercarse. Quedaban dos o tres puertas, ni una más, separándolos de Ganimard.

En la costa se divisaba el lomo negro del torpedero y las barcas que cruzaban. El joven preguntó:

—¿Y el tesoro?

—¡Ah!, hijo mío, es eso, sobre todo, lo que te interesa. Y la multitud será lo mismo que tú. Bueno, date ya por satisfecho.

Golpeó violentamente el suelo con el pie e hizo moverse uno de los discos que componían el suelo, y levantándolo como si fuera la tapadera de una cuba puso al descubierto una especie de tina completamente redonda, excavada en la propia roca. Estaba vacía. Un poco más lejos realizó la misma maniobra. Apareció otra tina. Estaba igualmente vacía. Tres veces más repitió la maniobra y otras tres tinas aparecieron vacías.

—¡Ah! —dijo Lupin con ironía—. ¡Qué decepción! Bajo Luis XI, bajo Enrique IV, bajo Richelieu, las cinco tinas debían de estar llenas, pero piensa en Luis XIV, en Versalles, en las guerras, en los grandes desastres del reino. Y piensa en la Pompadour, en la Du Barry. ¡Cómo debieron extraer oro de aquí! ¡Con qué uñas afiladas debieron raspar esta piedra! Ya ves, nada queda…

Se detuvo y añadió:

—Sí, Beautrelet, queda todavía algo: el sexto escondrijo. Pero este es intangible… Ninguno de ellos osó tocarlo. Era el supremo recurso… digamos que era algo así como la pera para calmar la sed. Mira, Beautrelet.

Se agachó y levantó la tapadera. Un cofre de hierro llenaba el hueco. Lupin sacó de su bolsillo una llave de moldura hueca y complicadas ranuras y abrió el cofre.

Surgió como un resplandor. Todas las piedras preciosas despedían sus rayos, flameaban todos los colores… el fuego de los rubíes, el verde de las esmeraldas, el sol de los topacios.

—Mira, pequeño Beautrelet. Devoraron todas las monedas de oro, todas las monedas de plata, todos los escudos, todos los ducados y todos los doblones, pero el cofre de piedras quedó intacto. Mira las monturas. Las hay de todas las épocas, de todos los siglos, de todos los países. Las dotes de las reinas están aquí. Cada una aportó su parte, Margarita de Escocia y Charlotte de Saboya, María de Inglaterra y Catalina de Médicis, y todas las archiduquesas de Austria, Eleonora Isabel, María Teresa, María Antonieta… ¡Mira estas perlas, Beautrelet! ¡Y estos diamantes! No hay uno solo entre ellos que no sea digno de una emperatriz. El regente de Francia no es más hermoso.

Se levantó, extendió la mano en señal de juramento y dijo:

—Beautrelet: tú le dirás al universo entero que Lupin no tomó ni una sola de estas piedras que se encontraban en la caja fuerte… ni una sola… Lo juro por mi honor. Yo no tenía derecho a hacerlo. Era la fortuna de Francia…

Abajo, Ganimard se daba prisa. Por la repercusión de los golpes era fácil juzgar que estaba atacando la penúltima puerta, la sala de los objetos diversos.

—Dejemos abierto el cofre —dijo Lupin—, y todas las tinas también, todos esos pequeños sepulcros vacíos…

Dio vuelta a la estancia, examinó algunas vitrinas, contempló ciertos cuadros, y luego, paseándose con aire pensativo, dijo:

—¡Qué triste es tener que abandonar todo esto! ¡Qué desconsuelo! Mis horas más hermosas las he pasado aquí, solo frente a estos objetos que nunca... Y mis ojos ya no volverán a verlos jamás, y mis manos no volverán a tocarlos jamás.

En su rostro contraído había una expresión tan grande de pena, que Beautrelet experimentó una confusa piedad por él. El dolor en aquel hombre debía adquirir proporciones más grandes que en otro, lo mismo que la alegría, el orgullo o la humillación.

Cerca de la ventana, y con el dedo extendido dijo:

—Lo que me resulta más triste todavía es eso, todo eso que tengo que abandonar. ¿No te parece hermoso? El mar inmenso, el cielo... A derecha e izquierda los acantilados de Étretat, con sus tres puertas, la puerta de Amont, la puerta de Aval y la Manneporte... otros tantos arcos de triunfo para el maestro... ¡Y el maestro era yo! ¡El rey de la aventura, el rey de la Aguja hueca! Reino extraño y sobrenatural de César a Lupin... ¡Qué destino!

Rompió a reír, y agregó:

—¿Rey de la magia? ¿Y por qué esto? Digamos enseguida rey de Yvetot. ¡Qué broma! Rey del mundo, sí, esa es la verdad. Desde esta punta de la Aguja yo dominaba el universo. Levanta la tiara de Saitafernes, Beautrelet... ¿Ves ese doble aparato telefónico?... A la derecha es la comunicación con París... línea especial... y a la izquierda, con Londres, línea especial. Por Londres me comunico con Norteamérica, con Asia, con Australia. En todos esos países tengo sucursales, agentes de venta, ojeadores. Es el comercio internacional. Es el gran mercado del arte y de las antigüedades, la feria del mundo. ¡Ah!, Beautrelet, hay momentos en que mi poder me hace perder la cabeza. Estoy embriagado de fuerza y de autoridad...

La puerta de abajo cedió. Se oyó a los hombres que corrían y que buscaban... Después de unos instantes, Lupin continuó en voz baja:

—Y he aquí que se ha acabado… Pasó una joven que tiene los cabellos rubios, unos hermosos ojos tristes y un alma honrada… y se acabó… Yo mismo he demolido el formidable edificio… Todo lo demás me parece absurdo y pueril… Lo único que cuenta son sus cabellos… sus ojos tristes… y su pequeña alma honrada.

Los hombres subían la escalera. Un golpe sacudió la puerta, la última puerta ya… Lupin agarró de un brazo al joven.

—¿Comprendes, Beautrelet, por qué te he dejado el campo libre cuando tantas veces, desde hace semanas, pude aplastarte? ¿Comprendes por qué has conseguido llegar hasta aquí? ¿Comprendes por qué le he entregado a cada uno de mis hombres su parte del botín y que tú los viste la otra noche sobre el acantilado? Lo comprendes, ¿no es eso? La Aguja hueca es la aventura. Mientras sea mía, yo soy el aventurero. La Aguja tomada por otros es todo el pasado que se desprende de mí, es el porvenir que comienza, un porvenir de paz y felicidad en el que yo ya no enrojeceré cuando los ojos de Raymonde me miren… un porvenir.

Se volvió furioso hacia la puerta:

—Pero cállate ya de una vez, Ganimard, no he terminado aún de hablar.

Los golpes se precipitaban. Se hubiera dicho que se estaba produciendo el choque de una viga contra la puerta. En pie frente a Lupin, Beautrelet, absorto de curiosidad, esperaba los acontecimientos sin comprender el juego de Lupin. Que hubiera entregado la aguja, sea; pero ¿por qué se entregaba él mismo? ¿Cuál era su plan? ¿Esperaba aún poder escapar de Ganimard?

Mientras tanto, Lupin, soñador, murmuraba:

—Honrado… Arsène Lupin, honrado… Ya nada de robos… llevar la vida de todo el mundo… ¿Y por qué no? No hay razón alguna para que yo no alcance el mismo éxito…

Pero ¡déjame en paz, Ganimard! Ignoras, triple idiota, que en estos momentos estoy pronunciando palabras históricas y que Beautrelet las recoge para nuestros nietos.

Se echó a reír, añadiendo:

—Estoy perdiendo el tiempo. Ganimard jamás sería capaz de comprender la utilidad de mis palabras históricas.

Tomó un trozo de tiza roja, acercó a la pared un taburete y escribió con grandes letras:

«Arsène Lupin lega a Francia todos los tesoros de la Aguja hueca, con la única condición de que esos tesoros sean instalados en el Museo del Louvre, en salas que llevarán el nombre de Salas de Arsène Lupin.

—Ahora, mi conciencia ya está tranquila. Francia y yo quedamos en paz.

Los invasores golpeaban con todas sus fuerzas. Un panel de la puerta reventó. Una mano pasó por el agujero buscando la cerradura.

—¡Rayos y truenos! —exclamó Lupin—. Ganimard es capaz de alcanzar su objeto por una vez.

Saltó sobre la cerradura y arrancó de ella la llave.

—Anda, viejo, que esta puerta es sólida… Dispongo de tiempo… Beautrelet, te digo adiós… Y gracias… porque verdaderamente tú hubieras podido complicar el ataque… pero eres delicado…

Se dirigió hacia un gran tríptico de Van den Weiden que representaba los Reyes Magos. Plegó la tabla de la derecha y dejó así al descubierto una pequeña puerta, cuyo pomo agarró.

—Que hagas una buena caza, Ganimard.

Sonó un disparo. Lupin saltó hacia atrás, gritando:

—¡Ah!, canalla, en pleno corazón. Entonces, ¿has tomado lecciones? Estropeaste al rey mago. Le diste en pleno corazón. Has fracasado como un payaso de feria.

—¡Ríndete, Lupin! —aulló Ganimard, cuyo revólver asomaba por el panel reventado y cuyos brillantes ojos se distinguían—. ¡Ríndete, Lupin!

—¿Y la guardia, acaso se rinde?

—Si te mueves, te abraso…

—No puedes alcanzarme aquí.

De hecho Lupin se había alejado, y aun cuando Ganimard, por la brecha abierta en la puerta, podía disparar recto frente a él, no podía, en cambio, apuntar hacia el lado donde se encontraba Lupin… Pero no por ello la situación de este último era menos terrible, pues la salida con la cual contaba, la puerta del tríptico, quedaba frente a Ganimard. Intentar huir equivalía a exponerse al fuego del policía.

—¡Diablos! —dijo Lupin, riendo—. Mis acciones están en baja. Te está bien empleado, amigo Lupin, por haber tirado tanto de la cuerda. No debieras haber charlataneado tanto.

Se aplastó contra el muro. Los esfuerzos de los invasores hicieron que cediese otro panel más de la puerta. Solo tres metros, ni uno más, separaban a los dos adversarios. Pero una vitrina de madera dorada protegía a Lupin…

—¡A mí, Beautrelet! —gritó el viejo policía que rechinaba de rabia—. Tira de una vez en lugar de estarte ahí de curioso…

Isidore, en efecto, no se había movido, permaneciendo como espectador apasionado, pero indeciso. Con todas sus fuerzas, hubiera querido mezclarse en la lucha y derribar la presa que tenía a su merced. Pero un oscuro sentimiento se lo impedía.

El grito de Ganimard le sacudió. Su mano se crispó sobre la culata de su revólver.

«Si tomo partido —pensó—, Lupin está perdido… y es mi deber…»

Sus ojos se encontraron con los de Lupin. Los de este estaban tranquilos, atentos, casi curiosos, cual si en medio del terrible peligro que le amenazaba no se interesase más que por el problema moral que dominaba al joven. ¿Se decidiría Isidore a darle el tiro de gracia al enemigo vencido?… La puerta crujió de arriba abajo.

—¡A mí, Beautrelet, ya le tenemos! —vociferó Ganimard.

Isidore alzó su revólver.

Lo que luego ocurrió se desarrolló con tal rapidez, que Isidore ya no se dio cuenta de todo sino más tarde. Vio a Lupin agacharse, correr a lo largo del muro, pasar a ras ante la puerta, por debajo mismo del arma que empuñaba vanamente Ganimard, e Isidore se sintió derribado a tierra, apresado y nuevamente en el aire por una fuerza invencible.

Lupin le tenía en el aire como un escudo viviente, detrás del cual él se ocultaba.

—¡Diez contra uno a que me escapo, Ganimard! Lupin, ya sabes, tiene siempre recursos…

Había retrocedido rápidamente hacia el tríptico. Sosteniendo con una mano a Beautrelet oprimido contra su pecho, con la otra desprendió el cierre de la pequeña puerta y salió por ella, volviendo a cerrarla detrás de sí. Estaba salvado… Inmediatamente surgió ante ellos una escalera que bajaba de improviso.

—Vamos —dijo Lupin, empujando a Beautrelet delante de él—. El ejército de tierra está derrotado… ahora ocupémonos de la flota francesa. Después de Waterloo, Trafalgar… Vas a recibir tu merecido, pequeño… ¡Ah, qué divertido! Ahí están golpeando ahora en el tríptico… Demasiado tarde, muchachos… Anda de una vez, Beautrelet…

La escalera, abierta en la pared de la Aguja, en su propia corteza, iba girando en torno a la pirámide, envolviéndola como la espiral de un tobogán.

Lupin apremió al joven y bajaron a toda prisa los peldaños de dos en dos y de tres en tres. A trechos surgía una luz brillante por una hendidura de la pared, y Beautrelet percibía la visión de las barcas de pesca a unas decenas de brazas, así como el negro torpedero…

Bajaron, bajaron… Isidore silencioso, Lupin siempre exuberante.

—Quisiera saber lo que hace Ganimard. ¿Estará bajando por las otras escaleras para cerrarme el camino en la entrada del túnel? No, no es tan tonto como todo eso… Habrá dejado allí cuatro hombres… que ya es bastante.

Se detuvo.

—Escucha… gritan allá arriba… eso es. Habrán abierto la ventana y le gritan a su flota llamándola… Mira, las barcas se preparan… cambian señales… el torpedero se mueve… ¡Valiente torpedero! Te reconozco, vienes de El Havre… Cañoneros, a sus puestos… ¡Caray!, el comandante… Buenos días, Duguay-Trouin.

Metió el brazo por la ventana y agitó un pañuelo. Luego reanudó la marcha.

—La flota enemiga rema con todas sus fuerzas —dijo—. El abordaje es inminente. ¡Dios Santo, cuánto me divierto!

Oyeron el ruido de voces por encima de ellos. En ese momento se aproximaban al nivel del mar y desembocaron casi inmediatamente en una vasta gruta donde dos linternas iban y venían en la oscuridad. Surgió una sombra, y una mujer se precipitó al cuello de Lupin.

—¡Pronto! ¡Pronto! Estaba inquieta… ¿Qué es lo que hacías?… Pero no vienes solo…

Lupin la tranquilizó.

—Es nuestro amigo Beautrelet… Figúrate que nuestro amigo tuvo la delicadeza…; bueno, ya te lo contaré… ahora no tenemos tiempo… ¿Charolais, estás ahí?… ¡Ah, muy bien!… ¿Y la embarcación?…

—La embarcación está lista —respondió Charolais.

—Alumbre —dijo Lupin.

Al cabo de unos segundos trepidó el ruido de un motor,

y Beautrelet, cuya mirada se iba acostumbrando poco a poco a las semitinieblas, acabó por darse cuenta de que se encontraba en una especie de muelle, a la orilla del agua, y que ante ellos flotaba una canoa.

—Una canoa a motor —dijo Lupin, completando así las observaciones de Beautrelet—. ¡Ah!, todo esto te asombra, mi buen Isidore... ¿No comprendes?... Como el agua que estás viendo no es otra que el agua del mar que se infiltra en cada marea en esta excavación, el resultado es que tengo aquí una pequeña rada invisible y segura...

—Pero cerrada —repuso Beautrelet—. Nadie puede entrar en ella ni nadie puede salir.

—Sí, yo —dijo Lupin—, y voy a demostrarlo.

Llevó primero a Raymonde, y luego regresó a buscar a Beautrelet. Este titubeó.

—¿Tienes miedo? —le dijo Lupin.

—¿De qué?

—¿De ser hundido por el torpedero?

—No.

—Entonces te preguntas si tu deber no es quedarte al lado de Ganimard, de la justicia, la sociedad, la moral, en lugar de irte al lado de Lupin, que es la vergüenza, la infamia, la deshonra.

—Precisamente.

—Por desgracia, pequeño, no tienes opción... Por el momento es preciso que nos crean muertos a los dos... y que me dejen en paz... esa paz que le deben a un futuro hombre honrado.

Por la forma en que Lupin le agarró de los brazos, Beautrelet comprendió que toda resistencia era inútil. Y además, ¿para qué resistir? ¿Acaso no tenía derecho a abandonarse a la simpatía irresistible que, a pesar de todo, este hombre le inspiraba? Ese sentimiento era tan claro en él, que hasta sintió deseos de decirle a Lupin:

«Escuche, usted corre otro grave riesgo: Herlock Sholmès anda sobre su pista…»

—Hala, vente —le dijo Lupin, ya antes de que él se resolviera a hablarle.

Obedeció y se dejó llevar hasta la canoa, cuya forma le pareció extraña y de un aspecto completamente imprevisto.

Ya sobre el puente de la embarcación, bajaron los peldaños de una pequeña escalera abrupta, que era más bien una escala, la cual estaba enganchada a una trampa, y esta se cerró detrás de ellos.

Al fondo de la escala, vivamente alumbrado por una lámpara; había un reducto de dimensiones muy exiguas donde ya se encontraba Raymonde y donde no disponían de más espacio que el indispensable para sentarse los tres. Lupin descolgó una bocina acústica, y ordenó:

—En marcha, Charolais.

Isidore sintió la impresión desagradable que se experimenta al bajar en un ascensor, la impresión que el suelo, la tierra, se escapa debajo de nosotros, la impresión del vacío. Esta vez era el agua la que escapaba y el vacío el que penetraba, por así decir, lentamente…

—¡Eh! ¿Nos estamos hundiendo? —dijo en broma Lupin—. Tranquilízate… Es solo el tiempo de pasar de la gruta superior en donde nos encontramos, a una pequeña gruta situada completamente al fondo, medio abierta al mar y en la que puede entrarse con la marea baja… todos los pescadores de marisco la conocen… ¡Ah!, diez segundos de parada… ya pasamos… y el pasaje es estrecho… exactamente del tamaño de nuestros submarinos.

—Pero ¿cómo es posible que los pescadores que entran en la gruta de abajo —dijo Beautrelet— no sepan que está perforada en la cima y que comunica con otra gruta de la cual parte una escalera? La verdad está a disposición del primero que venga…

—Eso es un error, Beautrelet. La cúpula de la pequeña gruta pública está cerrada cuando la marea está baja por un techo móvil, del color de la roca, que el mar al subir desplaza y eleva consigo, y que el mar al volver a bajar coloca de nuevo herméticamente sobre la pequeña gruta. Es por ello que cuando la marea está alta, yo puedo pasar... Qué, es ingenioso, ¿verdad? Fue una idea de Bibi... Cierto es que ni César, ni Luis XIV, ni, en suma, ninguno de mis abuelos no pudieron tenerla, por cuanto no disponían de un submarino... Se conformaban con la escalera que descendía entonces hasta la pequeña gruta de abajo... Yo suprimí los últimos peldaños e inventé ese techo móvil. Es un regalo que le he hecho a Francia... Raymonde, apaga la lámpara que está a tu lado... ya no la necesitamos...

En efecto, una claridad pálida, que parecía constituir el propio color del agua, les había salido al encuentro al salir de la gruta y penetraba en la cabina por las portillas y por una bóveda de cristal que traspasaba el suelo del puente y permitía inspeccionar las capas superiores del mar.

Y enseguida, una sombra se deslizó por encima de ellos.

—Se va a producir el ataque. La flota enemiga está cercando la Aguja... Pero por hueca que esté esta Aguja, me pregunto cómo van a penetrar en ella...

Tomó la bocina acústica, y ordenó:

—No abandonemos el fondo, Charolais... ¿Qué, adónde vamos? Pero si ya te lo dije... A Puerto Lupin... y a toda velocidad, ¿eh? Es preciso que haya agua para acercarse... tenemos una dama a bordo con nosotros.

Estaban al ras de la superficie de las rocas submarinas. Las algas, agitadas, se erguían como una pesada vegetación negra, y las corrientes profundas las hacían ondular graciosamente. Y luego surgió una sombra todavía más alargada...

—Es el torpedero —dijo Lupin—. El cañón va a dejar oír su voz... ¿Qué irá a hacer Duguay-Trouin? ¿Bombardear la

Aguja? Lo que nos estamos perdiendo, Beautrelet, al no poder asistir al encuentro de Duguay-Trouin y Ganimard… La reunión de las fuerzas terrestres y de las fuerzas navales… Eh, Charolais, nos estamos durmiendo…

Sin embargo, la embarcación avanzaba veloz. Los campos de arena habían sucedido a los de rocas, y luego casi inmediatamente vinieron nuevas rocas, que señalaban la punta recta de Étretat, la puerta de Amont. Los peces huían al aproximarse la embarcación. Uno de ellos, más audaz, se pegó a la bóveda de la embarcación y a través del cristal los miraba con sus grandes ojos inmóviles y fijos.

Lupin llamó a Charolais.

—Subamos, ya no hay peligro…

Subieron a la superficie, y la cúpula de cristal salió al exterior… Se encontraban a una milla de la costa y, por tanto, fuera de la vista de sus perseguidores. Beautrelet pudo entonces darse cuenta más exacta de la rapidez vertiginosa con que avanzaban.

Primero pasó ante ellos Fécamp, y luego todas las playas normandas de Saint-Pierre, las Petites-Dalles, Veulettes, Saint-Valery, Veules, Quiberville.

Lupin continuaba bromeando, e Isidore no se cansaba de observarle y de oírle, maravillado por el verbo de aquel hombre, su alegría, su pillería, su despreocupación irónica, su alegría de vivir.

Y observaba también a Raymonde. La joven permanecía silenciosa, apretada contra aquel a quien amaba. Había tomado las manos de él entre las suyas, y a menudo alzaba los ojos para contemplarle, y en varias ocasiones Beautrelet observó que sus manos se crispaban un poco y que la tristeza de sus ojos se acentuaba. Y cada vez era como una respuesta muda y dolorosa a las ocurrencias de Lupin. Hubiérase dicho que aquella ligereza de sus palabras, aquella visión sarcástica de la vida le causaban sufrimiento.

—Cállate… —murmuró ella—, eso de reírte así es desafiar al destino… Pueden esperarnos tantas desgracias…

Frente a Dieppe tuvieron que sumergirse de nuevo, para no ser vistos por las embarcaciones de pesca. Veinte minutos más tarde doblaron hacia la costa, y la embarcación penetró en un pequeño puerto submarino formado por un corte regular entre las rocas, se situó a lo largo de un muelle y ascendió despacio a la superficie.

—Estamos en Puerto Lupin —anunció Arsène.

Aquel lugar, situado a unos veinticuatro kilómetros de Dieppe y a unos catorce de Tréport, se hallaba protegido a derecha e izquierda por dos hundimientos del acantilado y estaba absolutamente desierto. Una arena muy fina tapizaba las pendientes de la pequeña playa.

—A tierra, Beautrelet… Raymonde, dame la mano… Y tú, Charolais, regresa a la Aguja a ver qué es lo que ocurre entre Ganimard y Duguay-Trouin y ven a decírmelo. ¡Me apasiona ese asunto!

Beautrelet se preguntaba con curiosidad cómo iban a salir de aquella ensenada aprisionada que se llamaba Puerto Lupin, cuando descubrió al propio pie del acantilado los peldaños de una escalera de hierro.

—Isidore —dijo Lupin—, si recuerdas la geografía y la historia sabrás que estamos en el fondo de la garganta de Parfonval, en la comuna de Biville. Hace más de un siglo, en la noche del veintitrés de agosto de mil ochocientos tres, Georges Cadoudal y seis cómplices desembarcaron en Francia con la intención de secuestrar al primer cónsul Bonaparte, y ascendieron hasta lo alto por el camino que voy a mostrarte. Desde entonces, los desmoronamientos han destruido ese camino. Pero Valméras, más conocido bajo el nombre de Arsène Lupin, lo ha hecho reconstruir a costa suya y ha comprado la granja de Neuvillette, donde los conjurados pasaron su primera noche, y donde, retirado de los negocios, él va a vivir con su madre y su esposa la vida respetable de un aristócrata tronado. ¡El caballero ladrón ha muerto, viva el caballero granjero!

Después de subir la escala apareció como una angostura, como un torrente abrupto excavado por las aguas de las lluvias y al fondo del cual había una especie de escalera provista de una rampa. Conforme Lupin se lo explicó, esa rampa había sido colocada para sustituir a una larga cuerda amarrada a unas estacas y con la cual antaño se ayudaban las gentes del país para bajar a la playa… Ascendieron durante cerca de media hora y desembocaron en la llanura, no lejos de una de esas cabañas abiertas en plena tierra y que sirven de abrigo a los aduaneros de la costa. Y precisamente, cuando doblaban en un recodo del camino, apareció un aduanero.

—¿Nada de nuevo, Gomel? —le preguntó Lupin.

—Nada, jefe.

—¿Ningún sospechoso?

—No, jefe… sin embargo…

—Mi esposa, que es costurera en Neuvillette…

—Sí, ya sé… Césarine… ¿Y qué?

—Vio a un marinero que rondaba esta mañana…

—¿Qué cara tenía ese marinero?

—Nada natural… Una cara de inglés.

—¡Ah! —exclamó Lupin, preocupado—. Y tú le diste la orden a Césarine de…

—De abrir los ojos, sí, jefe.

—Está bien. Vigila el regreso de Charolais de aquí a dos o tres horas… Si ocurre algo, estoy en la granja.

Reanudó la marcha, y le dijo a Beautrelet:

—Esto es inquietante… ¿Será Herlock Sholmès? ¡Ah!, si es él, furioso como debe estar, hay que temerlo todo.

Dudó un momento, y añadió:

—Me pregunto si no sería mejor que nos volviéramos… sí, tengo malos presentimientos…

Las llanuras ligeramente onduladas se desenvolvían hasta perderse de vista. Un poco a la izquierda, unas bellas avenidas de árboles conducían hacia la granja de Neuvillette, cuyos edificios se divisaban ya… Era el retiro que él había preparado, el asilo de descanso prometido a Raymonde. ¿Acaso, por unas ideas absurdas, iba a renunciar a la felicidad en el mismo instante en que alcanzaba el objetivo?

Tomó del brazo a Isidore, y señalándole a Raymonde, que caminaba delante de ellos, le dijo:

—¡Ah! ¿Olvidará ella jamás que yo fui Lupin? ¿Ese pasado, del que ella reniega, lograré yo borrarlo de su recuerdo?

Se dominó, y con obstinada seguridad dijo:

—¡Lo olvidará! Lo olvidará porque yo he hecho por ella todos los sacrificios. He sacrificado el refugio inviolable de la Aguja hueca, mis tesoros, mi poder, mi orgullo… lo sacrificaré todo… Yo ya no quiero ser nada… nada más que un hombre honrado, puesto que ella no puede amar más que a un hombre honrado… Después de todo, ¿qué puede importarme el ser honrado? No es más deshonrosa que cualquier otra cosa…

La broma se le escapó sin quererlo, por así decir. Su voz se hizo ya grave y sin ironía. Y murmuró con violencia contenida:

—¡Ah!, ya ves, Beautrelet, de todos los goces que yo he tenido en la vida, no hay uno que valga la alegría que me produce su mirada cuando ella se siente satisfecha de mí… Entonces me siento completamente débil…

Se acercaban a una vieja puerta que servía de entrada a la granja.

Lupin se detuvo, y dijo:

—¿Por qué tengo miedo?… Es algo como una opresión… ¿Es que la aventura de la Aguja hueca aún no ha acabado? ¿Es que el destino no acepta el desenlace que yo escogí?

Raymonde se volvió muy inquieta, y dijo:

—Ahí viene Césarine corriendo…

La mujer del aduanero llegaba, en efecto, viniendo de la granja, corriendo a toda prisa. Lupin se precipitó hacia ella, y le preguntó:

—¿Qué… qué ocurre? ¡Hable!

Sofocada, ya casi sin alientos, Césarine tartamudeó:

—Hay un hombre… un hombre en el salón.

—¿El inglés de esta mañana?

—Sí… pero ahora disfrazado de otra manera…

—¿La vio a usted?

—No. Vio a su madre. La señora de Valméras le sorprendió cuando él se iba.

—¿Y qué?

—Que él le dijo que buscaba a Louis Valméras, que era amigo suyo.

—¿Y entonces?

—Entonces, la señora le respondió que su hijo estaba de viaje… durante algunos años…

—¿Y se marchó?

—No. Hizo unas señales por la ventana que da a la llanura… como si llamara a alguien.

Lupin pareció titubear. Un grito penetrante desgarró el aire. Raymonde gimió:

—Es tu madre… yo reconozco…

Lupin se arrojó sobre ella, y, arrastrándola en un impulso de pasión bravía, le dijo:

—Ven… huyamos… tú primero…

Pero inmediatamente se detuvo, desconcertado, trastornado.

—No, no quiero… es abominable… Perdóname, Raymonde… aquella pobre mujer… Beautrelet, quédate aquí, no la abandones.

Se lanzó a lo largo del talud que rodeaba la granja. Dio vuelta en el recodo y siguió corriendo hasta cerca de la barrera que se abría sobre la llanura… Raymonde, a quien Beautrelet no había podido detener, llegó casi al mismo tiempo que él, y Beautrelet, ocultándose entre los árboles, divisó en la desierta avenida que conducía de la granja a la barrera, a tres hombres, uno de los cuales, el más corpulento, avanzaba en cabeza y los otros dos llevaban cargada y sujeta con sus brazos a una mujer que trataba de resistirse y que lanzaba gritos de dolor.

El día comenzaba a declinar. No obstante, Beautrelet pudo reconocer a Sholmès. La mujer era una persona de edad avanzada. Sus cabellos blancos servían de marco a su rostro lívido. Los cuatro se iban acercando. Llegaron a la barrera. Sholmès abrió la puerta, y entonces, Lupin se adelantó y se plantó ante él.

El choque pareció tanto más terrible cuanto que fue silencioso, casi solemne. Durante largo tiempo, los dos enemigos se midieron con la mirada. Un mismo odio convulsionaba sus rostros. No se movían.

Lupin dijo con una calma aterradora:

—Ordena a tus hombres que suelten a esa mujer.

—No.

Se hubiera podido creer que uno y otro temían emprender la lucha suprema y que uno y otro estaban acumulando todas sus fuerzas. Y ya no hubo más palabras inútiles, más provocaciones, sino el silencio, un silencio de muerte.

Loca de angustia, Raymonde esperaba el desenlace del duelo. Beautrelet la había sujetado de un brazo y la mantenía inmóvil. Al cabo de unos instantes, Lupin repitió:

—Ordena a tus hombres que suelten a esa mujer.

—No.

Lupin dijo:

—Escucha, Sholmès…

Pero se interrumpió, comprendiendo la inutilidad de las palabras. Frente a aquel coloso de orgullo y de voluntad que se llamaba Sholmès, ¿qué significaban las amenazas?

Decidido a todo, echó bruscamente la mano al bolsillo de su chaqueta. El inglés lo previno, y, saltando hacia su prisionera, le colocó el cañón de su revólver a dos centímetros de la sien, y dijo:

—No hagas un solo movimiento, Lupin, o disparo.

Al mismo tiempo, sus ayudantes apuntaron sus armas hacia Lupin... Este se puso rígido, dominó la furia que le agitaba, y fríamente, con las dos manos en sus bolsillos y dando el pecho al enemigo insistió:

—Por tercera vez, deja a esa mujer.

El inglés replicó, irónico:

—¡Quizá no tenga derecho a tocarla! Vamos, vamos, basta de bromas. Tú ya no te llamas más Valméras sino Lupin; es un nombre que robaste, igual que robaste el nombre de Charmerace. Y esa que tú haces pasar por tu madre, es Victoria, tu antigua cómplice, la que te crio...

Sholmès cometió un error. Impulsado por su ansia de venganza, miró a Raymonde, a quien esas revelaciones llenaban de horror. Lupin aprovechó tal imprudencia y con un rápido movimiento hizo fuego.

—¡Maldición! —aulló Sholmès, cuyo brazo, perforado por el proyectil, cayó a lo largo de su cuerpo.

Y apostrofando a sus hombres, gritó:

—¡Disparad, vosotros! ¡Disparad!

Pero Lupin había saltado sobre ellos y no habían transcurrido dos segundos cuando el de la derecha rodaba a tierra con el pecho hundido, mientras el otro, con la mandíbula rota, caía desplomado sobre la barrera.

—Apresúrate, Victoria... átalos... Y ahora, vamos a vérnoslas los dos, inglés...

Y se agachó, maldiciendo:

—¡Ah, canalla!...

Sholmès había recogido su arma con la mano izquierda y le apuntaba. Sonó un disparo... un grito de dolor... Raymonde se había precipitado entre los dos hombres frente al inglés. Se tambaleó, se llevó la mano a la garganta, se irguió, giró sobre sí misma y cayó a los pies de Lupin.

—¡Raymonde!… ¡Raymonde!…

Se arrojó sobre ella y la estrechó contra sí.

—¡Muerta! —exclamó.

Se produjo un momento de estupor. Sholmès parecía confundido por su acción. Victoria balbucía:

—Mi pequeña… mi pequeña…

Beautrelet se acercó a la joven y se inclinó para examinarla. Lupin repetía.

—Muerta… muerta…

Su tono era reflejo, cual si no comprendiera lo ocurrido.

Pero su rostro se arrugó, se transformó de pronto, invadido de dolor. Luego se sintió agitado por una especie de locura, hacía gestos de desvarío, se retorcía las manos, pateaba como un niño víctima de un gran sufrimiento.

—¡Miserable! —gritó de pronto en un acceso de odio.

Y tras una embestida formidable que derribó a Sholmès, le agarró por la garganta y le clavó sus dedos crispados en la carne. El inglés gemía, sin siquiera debatirse.

—Hijo mío, hijo mío —suplicaba Victoria.

Beautrelet acudió en auxilio del inglés, pero ya Lupin había soltado su presa y, junto a su enemigo tendido en tierra, sollozaba. Era un espectáculo conmovedor.

La noche comenzaba a cubrir con un velo de sombra el campo de batalla. Los tres ingleses, atados y amordazados, yacían sobre la alta hierba. Canciones campesinas mecieron el silencio de la llanura. Eran las gentes de la granja que regresaban del trabajo.

Lupin se incorporó. Escuchó las voces monótonas. Luego contempló la granja feliz, donde había soñado vivir pacíficamente cerca de Raymonde. Miró a esta, que dormía ya, toda blanca, el sueño eterno.

Los campesinos se acercaban. Entonces, Lupin se inclinó, alzó a la muerta con sus vigorosos brazos y cargó el cadáver doblado en dos sobre su hombro.

—Vámonos, Victoria.

—Vamos, hijo mío.

—Adiós, Beautrelet —dijo Lupin.

Y cargado con su preciosa y terrible carga, seguido de su anciana sirvienta, silenciosa, bravía, partió hacia el lado del mar y se perdió en las sombras profundas del horizonte.

Sobre el autor

MAURICE LEBLANC (1864-1941) creó Arsène Lupin en 1905 como protagonista de un cuento para una revista francesa. Leblanc nació en Ruan (Francia), pero empezó su carrera literaria en París. Había estudiado Derecho, trabajaba en la empresa familiar y había escrito algunos libros de poco éxito cuando Lupin se convirtió en uno de los personajes más célebres de la literatura policíaca. Es un ladrón de guante blanco, culto y seductor, que roba a los malos. Es el protagonista de veinte novelas y relatos y sus aventuras lo han convertido también en héroe de películas y series para televisión. Para muchos, las historias de Arsène Lupin son la versión francesa de Sherlock Holmes.